ALMA ROGGE

HINNERK MIT'N HOT

PLATTDEUTSCHE GESCHICHTEN

HEINZ HOLZBERG VERLAG
OLDENBURG

CIP-Kurztitelaufnahme der Deutschen Bibliothek
Rogge, Alma
[Sammlung]
Hinnerk mit'n Hot: plattdt. Geschichten. — 5. Aufl.
Oldenburg: Holzberg, 1978
ISBN 3-87358-023-3

5. Auflage 1978
Gedruckt bei Isensee in Oldenburg

Wat in dit Bok insteiht

* Diese Geschichten stehen hochdeutsch in Alma Rogges Buch „Seid lustig im Leben". Der Verlag Carl Schünemann gab freundlich die Genehmigung für die plattdeutsche Wiedergabe.

Wo ik her kam

Wo ik her kam
is dat Land so free un wiet,
wasst dat Gras un bleuht de Klee,
ruckt de Luft na Solt un See,
blänkert Water, ruschelt Reith,
jagt de Wulken, Wind de weiht
wo ik her kam.

Jeden Dag
tweemal loppt de Flot dar an,
awer't Watt un Butenland,
stiggt an Diek un Öwerrand,
spöhlt un wöhlt um Pahl un Steg,
sackt denn sinnig wedder weg
jeden Dag.

Mine Lüd
gaht ärn stillen, sturen Gang.
Wat se willt, dat fat' se an,
holt är Wurt un staht ärn Mann.
Blot wat är in'n Harten liggt
seggt se nich — seggt se nich
mine Lüd.

Wo ik her kam
is dat Land so free un wiet,
wasst dat Gras un bleuht de Klee
ruckt de Luft na Solt un See,
blänkert Water, ruschelt Reith,
jagt de Wulken, Wind de weiht
wo ik her kam.

Hinnerk mit'n Hot

In'n Kiewitkrog keemen se tohop: Hinnerk mit'n Hot, Kiepen-Korl un Didi-noch'n-Littjen.

Hinnerk mit'n Hot harr immer 'n stieben swarden Hot up. 'n bäten grön verspakt un indökt weer he woll, man dat kunn nich helpen, he drog de Hö, de he fröher blot sonndags un wenn he utgung up harrt harr, de drog he nu for alldags to.

Kiepen-Korl weer nich anners as mit'n Kiep to sehn. He harr immer wat bi to halen: von den Kopmann, von'n Bäcker, von Schoster un Kedelflicker. He heelt den Arm noch krumm, ok wenn he mal ahn sine Kiep gung.

Didi-noch'n-Littjen nehm immer blot 'n Littjen, un wenn dat ok eenen halwen Liter oder een Glas stieben Grog na'n anner weer. So harr jeden sinen Namen kreegen.

Eenen um den annern Dag drapen se sik. Wenn se keemen, dat gung so: se slogen Hot oder Mutz up den Haken, setten sik up ären Platz un haun mit de Hand up den Disch, bums, dat schull heeten: goden Dag. Denn tucken se mit den Kopp na de Thek hen, dat wull seggen: 'n Köm. Harr de Kröger den brocht, tippen se mit'n Finger tweemal up den Disch, dat heede: L. P.! Lat'n pultern! Un se leeten em pultern! Un denn kunnen se sik immer noch awerleggen, of se wat seggen wullen oder nich.

Vundagen wulln se wat seggen.

„Dat is denn doch —", sä Hinnerk mit'n Hot. „Wat een all beleben kann un wat dat blot for Minschen gift —."

„Gott schuf die Menschen", sä Kiepen-Korl un broch sin Piep in de Gang, „man sund se dar woll na?"

„Gah ik vorhen in usen Garn un will Kohl rin halen“, fung Hinnerk wedder an. „Schall morrn grönen Kohl bi us geben, is nu ja moj zart na den Frost.“
„Heff mi ok all ’n Kiep vull halt“, sä Kiepen-Korl.
„Un dar denn noch ’n littje Pinkelwust to —“, sä Didi-noch’n-Littjen.
„Kam ik dar achtern in’n Garn, un wat meent ji, ik kiek un denk ik kiek nich recht: is dar een bi minen Kohl wesen.“
„Von de Hasen upfreeten?“ frag Didi.
„Afsnän. Stahlen“, sä Hinnerk.
„Stahlen?“ frag Korl.
„Stahlen!“ sä Hinnerk.
Dat weer ’n littje Tied still bi de Dree. „Stehlen“ weer ’n slimmt Wurt, dar keemen se nich so gau awer weg. Man denn awerleggen se, wer de Deef wesen kunn. Se wulln ja nums geern wat Slechts naseggen, awer de Stohlmaker, de nich wiet von Hinnerk af wahnde, de harr dat säker dan. Dat weer so’n Leegen!
„Wat wullt du denn nu maken?“ frag Kiepen-Korl.
„Ja, wat schall ik maken“, sä Hinnerk, „dat frag ik Jo.“
„Em verklagen“, sä Didi. „Den Schandarm dar achter kriegen.“
„De Schandarm“, sä Hinnerk, „wenn de kummt, swört he’t eenfach af.“
„Ik weet wat“, sä Didi, „du geihst sulben na den Keerl hen un seggst em dat up’n Kopp to. Schast sehn, denn heß em!“
„Un denn?“ frag Hinnerk.
„Denn zeigst du em an. Un denn kummt he in’t Lock!“
Se weern nu bi ’n Grog. De Rök von den Rum tog awer den Disch, se snuffeln, se probeern, se snuffeln wedder, se drunken.
„Man kann dat awer ok“, sä Kiepen-Korl un keek nadenkern

in sin Glas, „man kann dat ok anners nehmen. So as use Müller hier: den wurd mal 'n tiedlang immer Mehl stahlen. He leet dat so lopen. Wat möt dat for'n armen Minschen wesen, sä he, de dat deit."

„Dar liggt wat in", sä Hinnerk mit'n Hot. „Wenn em dat nich ganz gräsig slecht gahn deit, ik meen, denn stehlt 'n Minsch nich. Dat kann ik mi meers nich denken."

„Ja, un de Stohlmaker", sä Didi, „väl verdeenen deit he nich. Und denn 'n Fro un 'n Koppel Kinner —."

„Darum meen ik", sä Korl, „man schull dat is anners maken. Wenn immer Gewalt gegen Gewalt un Unfräden gegen Unfräden sett't ward, kann dat minlef nich bäter weerden in de Welt."

Hinnerk mit'n Hot meen nu ok: wenn man de Minschen immer gliek for slecht nehm, denn weern se ok slecht. Man wenn een dat Gode söken dee, denn weer dat ok to finnen. Un bäter weerden mussen de Minschen!

Se drunken noch 'n Grog, se snacken hen un snacken her, se röhrn in äre Glös rum, se keemen dar rein bi in Fahrt. Toleßt maken se ut: den Stohlmaker schull hulpen un he schull bätert weern. Hinnerk mit'n Hot schull den annern Dag hengahn un em to den Kohl 'n Stuck Speck henbringen. Denn kunnen se ja mal sehn — —.

„Wat he sik denn nich besinnen deit", sä Didi-noch'n-Littjen.

„Wat wi nich doch an dat Gode glöben könt", sä Kiepen-Korl.

„Denn up den Globen kummt dat an!" sä Hinnerk mit'n Hot. Se gungen na Hus, dat weer later wurden as anners.

Hinnerk sine Fro lur all up em. Se wull ok geern wat Nees hörn. Wat Nees geef dat nu ja. Hinnerk vertell, wat se besnackt un wat se beslaten harrn.

„Denn snie morrn froh man eben bi de Sied langs", sä he. „Denn wullt du den Deef wahrhaftigen Gotts to den stahlen Kohl, wullt du em 'n Stuck Speck, wullt du em dar noch to hen bringen?" sä sine Fro. „Buß du denn rein unklok wurden?!"

„Wenn du dat nich versteihst", sä Hinnerk, „denn möß du dar nich awer snacken. Wo schöllt de Minschen anners bäter weern? Wenn immer blot Gewalt gegen Gewalt un Unfräden gegen Unfräden sett't ward — —."

„Du snackst as 'n Bok", sä sine Fro.

„Ik segg di", sä Hinnerk, „dat Gode kann von niks anners as von't Gode kamen. De Minschen willt dat man nich begriepen. Man Didi, Korl un ik, wi hebbt dat begreepen. Un wi willt dar nu ok na don."

„So", sä sine Fro fünsch, „un du meenst, just ji dree harrn dat ‚Heil der Welt' bi jo'n Grog harrn ji dat utfinnig makt? Un just von hier schall dat nu utgahn?"

„Just ackrat von hier", sä Hinnerk un slog mit de Fust up den Disch. „Just hier von Fleetsiel ut, ja!"

Sine Fro sä niks mehr. Hinnerk slog höchstens all Jahr eenmal vor är up den Disch, un dat eenemal leet se em denn sinen Willen. Se keek em an: he seet dar, stur un stief, he heelt den Kopp so hoch, as wenn he dar — as wenn he dar 'n Zylinder up harr!

Den annern Dag tog Hinnerk mit'n Hot mit'n ornlich Stuck Speck los, hen na den Stohlmaker. He gung as een, de weet, wat he will, un em weer to Mot, as wenn he so 'n Apostel Paulus weer!

Dat Hus von den Stohlmaker sehde buten un binnen man arm ut. Hinnerk bleef vöran up de Daal stahn. De Stohlmakersfro keem ut de Stuv un keek em fragwies an.

„Is de Stohlmaker to Hus?" frag Hinnerk.

„Nä“, sä de Fro. „Kann ik wat bestellen? Ik bun sine Fro.“ Hinnerk keek är an, se kenn um woll nich glieks, he gung 'n Trä vör. De Fro bleef so stahn. „Ik bun sine Fro“, harr se seggt. Hinnerk nehm sinen Hot af, sinen stieben swarden Hot. „Un ik bun Hinnerk Hopken“, sä he un bög sinen langen Rurch.

De Fro verjag sik vor den swarden Hot, de dar vor är up un dal gung, se mak 'n Knicks, 'n littjen verlegen Knicks, stunn stief up äre Stä un keek em as 'n Karnickel, dat nich weet, wat nu gellt: sitten blieben oder utkniepen!

„Dat is man“, fung Hinnerk wedder an, „Arbeit heff ik just nich for den Stohlmaker. Hett he wat to don?“

„Och“, sä de Fro, „mal hier, mal dar. Väl bringt dat nich.“

„Kann ik mi denken“, sä Hinnerk. „Is nich licht, sik dör to slan.“

„Nä—i—“, sä de Fro.

Hinnerk mit'n Hot harr sik up den Stohlmaker inricht, man nich up de Fro. Harr se mit Schuld an den Kohl? Wat schull he är seggen? Nu keem dar 'n littje Deern, een hellen Kruskopp anlopen. Hinnerk kreeg wedder Wind in de Seils.

„Wat 'n littje moje Deern“, sä he. „So söt un unschullig.“

„Ja“, sä de Fro un nehm den Flaßkopp up den Arm. „Ganz as de Vadder.“

Nu weer dat ut mit Hinnerk. He treet von een Been up dat anner, he kröntjede, as wenn he wat in'n Hals harr, he keek na de Dör, wo he wedder rut muß.

„Dat is man blot“, sä he, „ik keem hier just vorbi, un do dach ik, schast is eben bi den Stohlmaker rinkieken, dach ik.“

De Fro sä niks.

Hinnerk mit'n Hot nehm sin Paket, legg dat up den Disch. „Un denn heff ik 'n Stuck Speck mitbrocht. Ik dach, se kunnen

dat saß bruken“, sä he, „wenn se mal wedder grönen Kohl eeten dot.“ De Fro rög sik nich. Hinnerk gung rut.
Hinnerk weer mit sik tofrän. „Wenn se mal wedder grönen Kohl eeten dot —“, dat seet! De Stohlmaker harr den Speck un harr den Schreck! Hinnerk gung na Hus.

Den annern Dag keemen se wedder in'n Kiewitkrog tohop: Hinnerk, Korl un Didi. Se drunken ären Köm vorup, se drunken Beer achterna, eene littje Lag' na de anner. Hinnerk muß vertelln, wo dat mit den Stohlmaker aflopen weer. Un he vertell: von den Speck, — wo lang, wo breet, moj dörwussen, — von den Stohlmaker sin Hus, von de Fro, de em so verbiestert ankeeken un niks recht seggen kunnt harr. Dat unschullige Kind, „ganz as de Vadder“, leet he weg. Darvor sä he den leßten Satz von den Speck, den se bruken schulln, wenn se mal wedder grönen Kohl eeten, den sä he tweemal. Wat, de seet?! Hinnerk mit'n Hot drunk sin Glas in eenen Tog ut, stell dat hart up den Disch, keek sine Mackers wiß un hellogt an un sä: „Sovä1 weet ik gewiß“, sä he, „de stehlt mi kinen Kohl wedder!“
„Dat is man“, sä Kiepen-Korl, „nu sund se bi mi wesen.“
Hinnerk sä niks. De Kröger broch 'n frische Lag', Didi-noch'n-Littjen harr 'n versteeken Grienen in de Ogen. „Hinnerk hett är ja ok seggt“, sä he, „de Speck weer for de nächste Mahltied Kohl. Denn mussen se sik de doch ok halen!“
Se sän nich mehr väl an dissen Abend, se harrn toväl to denken, se gungen dat hart an. Hinnerk slog von Tied to Tied up den Disch, as wenn he wat seggen wull, man denn slog he nochmal to: L. P. Un se leeten em pultern, se drunken mehr as är god weer. Toleßt muß awer doch woll noch wat seggt weerden.

„Dat is man“, sä Hinnerk mit’n Hot, „wenn een Keerl leeg is, darum schullen wi den Globen noch nich glieks upgeben.“

„Eenfach“, sä Didi-noch’n-Littjen, „eenfach is dat nich, de Minschen to bätern.“

„Nu eersmal“, sä Kiepen-Korl, „nu eersmal sund wi dar ja mit to ’n Stillstand kamen!“

De minschliche Natur

Kaptein Klaus Nehls stund up de Kummandobrurch von sinen Frachtdamper un stürde up de Elv los. „So", sä he to sinen eersten Stüermann un reckde sik, „nu hett dat de längste Tied wahrt un wi sund wedder bi Muddern. Dat schall god don. Immerlos up't Water liggen is ok nich dat Rechte for de minschliche Natur." Awer de „minschliche Natur" keem use Kaptein geern to snacken. Man ditmal dach he woll doch mehr an Muddern un an to Hus as an de Minschen in'n allgemeenen.

Wenn de Stüermann ok nich väl sä un stief un stüttig an't Ruer stund, so weer nu doch ok'n versteeken Lecht in sine stillen Ogen kamen. De Kaptein weer dat woll wies wurden. „Na, Anton", sä he, „wo is dat mit di, lurt dar'n Brut?" „Ik weet nich, wat se't ditmal deit un ‚Ja' seggt", meen de un streek sik awer sinen struwen Kopp. „Möß man nich tögern un se fast in de Arms nehmen, denn kummt dat up't beste trecht", sä Klaus Nehls un dach dar an, wo he dat mit sine Rieke makt harr.

Cuxhaben keem in Sicht. Klaus Nehls leet noch wat mehr na Stürburd rawer holn. Dat dee he allmal, wenn he von See keem, denn kunn he dar achtern Diek 'n brunet Dack un 'n roden Schosteen rutkieken sehn. Ja, un unner dat Dack dar seeten Rieke un sine beiden Kinner. He sehde dat all vor sik: dat littje Hus mit den Garn, de Daal, de Dönsen — so smuck un moj harr sine Rieke dat immer, — un se sulst dar denn mitten in so glatt un prick as'n Puskatt up'n Sonndag.

„Tuut — Tuut —", gung dat. Klaus Nehls besunn sik. He

muß uppassen, dat rechte Fahrwater na Hamborg rup to kamen. Eers muß dat Schipp in'n Haben stürt un de Fracht löscht weerden.

Dat gung gauer as he dacht harr, un so kunn he 'n ganzen Dag eder na Hus fahrn as he Rieke schreben harr. Wat freude he sik! Dreeviddel Jahr weer he weg wesen, von eenen Haben na den annern. Un wat wuß he nich allens to vertellen, Rieke un de Kinner schulln Mund un Ohrn upsparrn. Ja, he freude sik bannig.

Cuxhaben! Nu man rut ut'n Tog un denn gau na'n Diek to. Dar weer sin Hus all. He wull eenfach in de Dör stahn gahn un lut „Goden Dag“ seggen, as wenn dar een Frömden weer. Un denn keem Rieke ut de Döns rut un denn, — och, dit Gesicht, wat se denn maken dee!

As Klaus Nehls in de Dör keem, — ja, dar stund Rieke all glieks, gegen sik 'n groden Emmer un in de Hand 'n Wittjequast, wo se de Wannen mit up un dal fierde! Se harr dat ornlich drock, un de Kalkstippen seeten är up Gesicht un Arms.

„Du buß dr all?“ sä se un wisch sik de Hannen in de Schort af, em goden Dag to seggen, „ik meen, du wullst eers morgen kamen.“

„Nu bun ik dr vundagen all! Un mi dunkt, je eder um soväl bäter. Meenst dat nich ok, min Rieke?“ un he legg den Arm um är to.

„Ja“, sä Rieke so 'n bäten benaut, „man nu heff ik niks nich prat. Ik wull hier doch eers wittjen, un dat Steenpad is noch nich in de Reeg, un — ja, un Koken heff ik ok noch kinen backt.“

„Dat lat man god wesen“, sä Klaus un tog är na de Stuv rin.

„De Stuben sund rein, dat is man noch een Gluck“, sä Rieke,

un vertell, wat dat for Knäp kost harr, allens moj trecht to kriegen.
Klaus settde sik an't Finster, sin Mutz harr he up den Disch leggt. Rieke nehm de Mutz weg un keek em an.
„Mutzen hört nich up'n Disch!" schull dat heeten. Ja, ja, he kennde dat, he wuß Bescheed.
Un denn wurd Lieschen eersmal losschickt un schull Stuten halen, — se harr ja niks in'n Hus, — un de Kedel muß to Für for den Koffi, — Hein kunn man eben Sprickeln rinhalen, denn gung dat gauer, — un och, wat dat nich all to bedenken geef.
„Mal wedder to Hus", sä Klaus Nehls un reckde de Arms breet na beide Sieden. He leet den Priem von een Sied na de anner achter de Kusen rutschen un spee eersmal ut, so recht von Harten, as'n woll seggen kunn. Mudder Rieke stund up un gung rut. Se keem mit'n Hand vull witten Sand wedder rin, rementerde mit de Stöhl wat rum un mak den Schaden wedder god. Klaus kneep de Ogen in. Seggen deen se beide niks.
Nu weer de Koffi klar, Lieschen broch den Stuten, un Rieke weer ok gluckelk to Stohl kamen. Denn wurd dat nu ja gemütlich, un dat Vertellen kunn losgahn.
Eersmal 'n ornlichen Sluck Koffi, von Muddern kakt.
„Oha!" sä Klaus Nehls un settde de Tass' gau wedder dal, „man de is heet!" Denn nehm he de Tass', heelt se schrat un wull den Koffi in de Unnertass' geeten, dat he bäter afköhlen kunn. Man de Koffi leep an de Tass' lang un up de Dischdek. „De gode Dek", jammerde Rieke un nehm em dat ganze Geschirr weg. „Kannst du denn nich uppassen? Du buß nu nich mehr an Burd. Dat is doch nich all eenerlei!" Un denn wurd de ganze Disch afrümt, de Dek afnahmen un in Water steeken,

un denn kunn't wedder los gahn, — wenn dr nu noch Lust to harrst!

Väl Lust harr Klaus Nehls nich mehr. He slok den Arger slecht un recht mit Koffi un Stuten dal, man all wat he sik utdacht harr, wat he for'n Spaß maken un Lustigs verteIln wull, dat slok he ok wedder mit dal.

„Wo geiht't denn mit de Kinner in de Schol?" frog he.

„Lieschen makt sik god, sitt immer baben an. Man mit Hein will dat nich, hett all Undög in'n Kopp. Du heß em ja ok seggt, he höfde nich to lehrn, he schull man 'n Schipper weern", sä Rieke. „Dat heff ik woll nich seggt", sä Klaus.

„Dat heß du doch seggt", sä Rieke.

„Ik heff seggt, wenn he nich god dee up de School, denn kunn he Schippsjung spälen un wecke mit't Tauend kriegen!"

„Dat heß du doch seggt, dat he nich to lehrn höfde."

„Dat heff ik nich seggt." Klaus slog mit de Fust up'n Disch. Rieke nehm de Tass' weg. „Ik schall doch woll noch weeten, wat ik mit min eegen Ohren hört heff."

„Wenn du dat nu nochmal seggst, gah ik weg un kam den ganzen Abend nich mehr wedder."

Rieke stellde den Zuckerpott in't Schapp un slot af. „Un seggt heß du't doch!", sä se un gung rut.

„Gottsverdorig nochmal", brumm Klaus vergrellt un stund up. He soch sine Mutz, sine Piep un Toback bi 'n anner un gung ut de Dör.

Buten up de Daal stunn Rieke all mit'n Sackschort vor't Lief, den Wittjequast in de Hand un kalkde de Wand, up un dal, up un dal. Se keek nich rechts af links. As Klaus an är vorbi gung, stippde se den Quast just in den Emmer. 'n Ogenblick harr Klaus 'n Geföhl, as wenn em de Kalk glieks um de Näs stuben muß, man he keem heel ut de Dör.

Klaus gung den Diek längs. He schuddelde sik noch mal von binnen her, de Arger wull em nich so recht ut de Knaken. Man as he sine Piep eers in Gang harr un nu de littjen smucken Hüs' längs un awer dat gröne Land hen keek, wurd em all bäter to Mot. To Hus, ja, he weer ja to Hus! Un de minschliche Natur — — nä, awer de minschliche Natur wull he man nich anfangen to spintiseern, dar much vunnabend nich väl Gods bi rutkamen.

He bleef stahn un keek um sik to. De Sunn weer just in'n Westen in de Nurdsee sackt, de sik nu mit sachten Wellenslag sulst in'n Slap sung. Achter de Garns gung 'n breeden Graben längs, wo de Porgen in rementern, lut dör den stillen Abend klung dat. Klaus hörde dütlich: dar muß so'n olen Porgenvadder sitten, de 'n ganz deepe Stimm harr. „Kooark, Kooark", sä he un knurrde denn noch achterher, as wenn he gurgeln dee. Un allmal, wenn he sin „Kooark" seggt harr, keem glieks achterup 'n helle Stimm mit'n iwrig „Koreckeckeckeck! Koreckeckeckeckeck!" Klaus Nehls smunstergrien in sinen Bart rin. „Gift man up, Vadder Porg! Dar kummst doch nich gegen an. Wullt nich mit mi na See? Kannst anhürn un dat Wär anseggen."

Den annern Dag sleep Klaus sik eersmal ornlich ut. As he upstunn un sine Jack tofaten kreeg, ja, do sehde he, wat Rieke den Abend noch all schafft harr. Denn dar weer nich blot Kalk an to finnen, nä, ok rode un gröne Ölfarf. Man verwagen as so'n olen Seemann is, trock he se doch an un keem so in de Stuv. Rieke smeet blot een Og up em. „Wat sust du ut! O, wat sund ji Mannslüd doch blot eenmal for Unchristen. Wat hett 'n mit jo to don!" Un denn seil se mit de Jack af un leet usen Klaus alleen bi sinen Koffi.

As Klaus Nehls nahsten vor't Hus keem, hung sin ganzet Tüg,

wat he schetterig in sinen Seesack mitbrocht harr, all rein an de Lien. „Dat möt ja doch man all dan weerden", sä Rieke, as Klaus se is 'n bäten bi sik up de Bank sitten hebben wull. Un middags kreeg he wedder Schellns, dat he ahn sin Jack, so in Hemdsmaun, na Cuxhaben rinstürt weer.

Den Sonndagnamiddag harr Rieke nu ok mal Tied, un dar wulln se mit de Kinner 'n littje Tour maken. Un wulln sik mal ornlich wat verteIln, denn dar weer bit herto noch nich väl von wurden. Un morgen an'n Dag muß Klaus all wedder na Hamburg to. Rieke harr 'n ganzen Barg, wat utpackt weern wull, immer full är noch wat in: von de Höhner, von'n Garn, von de Nabers, — Klaus Nehls hör dat allens ruhig an. Man sine Gedanken weern bi de leßte Reis': in'n Kanal weer dat so dakerig wesen, dat se up'n Haar rammt wurden weern, in Lissabon weer so'n Maatsack an Burd kamen, de all in de Fremdenlegion deent harr, bi de Fürlandsinseln harrn se 'n Wrack drapen, un denn in Iquique, de arme Fro, de in'n Haben lopen weer, wiel se sik kinen Rat mehr wußt harr —. Un nu hier, all de Kleenkram. Em wurd rein eng in sine Jack. Man seggen dee he niks. He keek blot immer wedder na de See hen un dach an sin Schipp un an de nächste Reis' —.

„So, nu möt wi ok nödig na Hus", sä Rieke, as se 'n littje Ruhß in dat Wirtshus seeten harrn un dat just gemütlich weerden wull.

„Lat us doch noch 'n bäten sitten", meen Klaus.

„Dat geiht nich. Ik möt noch Katuffeln braden un möt noch dine Saken inpacken." Rieke stund up. „Los, Kinner, hen na Hus!"

Den annern Dag fahr Klaus Nehls na Hamborg un wedder na sinen Damper. He reck sine Arms un freude sik up de Arbeit un up de Fahrt. „Denn de minschliche Natur is unnerscheedlich", sä he, as he wedder an Burd weer. „De wecken brukt Kalk un Ölfarf un Seepenwater, un de annern holt dat mehr mit dat Soltwater." Dat weer't meers all, wat he von sinen Urlaub vertellen dee.

As se an Cuxhaben vorbi fahrn: ja, dar stund Rieke up den Anlegger „Alte Liebe", smeet de Arms hen un her un wenkde, as wenn't um't Leben gung. Klaus nehm den Feernkieker an de Ogen: leepen är nich ok 'n paar Tranen awer de Backen? Och, sin ol' Rieke, sin ol' Rieke —.

Klaus leet de Fahn eenmal dal un wedder hoch halen, Rieke to gröten, leet tuten, dat't man so hulde, un halde sulst sin grodet Snufdok rut un wenkde ok, wat dat Tüg holen wull.

As he sik nahsten umdreihde, stund sin Stüermann achter em un keek ok mit söken Ogen na Land rawer. „Na", sä Klaus Nehls und klopp em up de Schuller, „wo is't, hett se ‚Ja' seggt?"

„Dat hett se", sä de Stüermann, „un wenn wi nu wedder kamt, schall Hochtied wesen."

„So is't recht", sä Klaus Nehls, „dat Freen liggt nu mal in de minschliche Natur. Un wat in de minschliche Natur liggt, Stüermann, dar möt een in'n Leben mit klar kamen." He fummel sin Snufdok in de Tasch. „Blot een, dat mark di man glieks", sä he, „wenn du denn befreet buß un heß 'n Fahrt achter di, — kumm nich 'n Dag eder na Hus as du dat schreben heß!"

Steernsnuppens

De Sunn weer na een lomigen Augustdag unnergahn un harr in'n Westen 'n gleunigroden Schien achter sik laten. Een fienen griesen Dak leeg awer dat gröne Land un makde den Abend noch stiller as anners; dat weer, as wenn jeden Lut sik in em verklung. Blot de Pär, de den ganzen Dag vor'n Wagen wesen weern, reeten sik Snut for Snut dat Gras af. Mit den Taktslag von dat helle Dengeln up de Seißen weer de Dag anfungen, un mit den braken Klang von dat Grasen gung he nu to Rauh. De Wind, de den Dag dör awer de Weiden un awer dat riepe Kurn weiht harr, weer achtern Diek slapen gahn. De Böm stunnen gegen dat Abendrot un rögden kin Blatt, se reckden de Tög to'n Heben up, as wenn se to Nacht beden deen.

Lene Oltmanns gung liesen as'n Drom awer dat Land. De brunen Arms un de fasten Hannen, de den Dag dör schafft und warkt harrn, slenkern möd to de sinnigen Trä, mit de äre Föt dör dat Gras streeken. Un Lenes Ogen keeken in den Abend, still un trorig, se wuß sulben nich, wat är dat Hart swar makt harr. Oder wull är dat nich ut'n Kopp, as de Knecht to Hinnerk Dierks, den jungen Arbeiter, seggt harr: „Fierabend. Nu gah man na Hus, Hinnerk", un de sik de Jack awer de Schullern smeeten un seggt harr: „Na Hus! Un wat heß dar?"

Un wat harr se, Lene Oltmanns? Se dee äre Arbeit geern, weer fix un vergnögt un keek mit helle Ogen in de Welt, — un dar keemen ok all Jahr 'n paar hunnert Mark mehr up de Bank, wo se är Geld liggen harr, — man schull dat immer so fudder gahn? Jahr um Jahr immer dat sulwige, un wat weer dar dat En'n von? Freen — ja, man dar hörden twee to, un se harr dar kin Gluck mit harrt. Den Grotknecht bi Bur Janßen, den harr se woll lieden mucht, man to Maidag weer he weggahn up'n anner Stä, 'n paar Stunnen wiet af, — un he harr är niks seggt, un so weer dat ut wesen. Un denn weer dar Beernd Coors, 'n fixen jungen Keerl, den de Freude an't Leben ut de Ogen sprung. Ja, den harr se woll wullt. Eenmal bi't Danzen weer he mit är rutgahn in'n Garn, un unnern Sireenjenbusch, de just awer un awer bleuhde, harr he är in de Arms nahmen un är druckt un kußt, och wo dull, — se harr niks mehr von sik sulben wußt.

Man se weer woll dumm wesen, dat so irnst to nehmen un to meenen, nu hörden se for immer to 'n anner, nu weer är dat Gluck awer den Sull lopen. Beernd Coors, dar weern all Deerns dull na, de kunn kriegen de he hebben wull. Wer kunn weeten, woväl he all wedder in'n Arm harrt harr un of he noch is eenmal an är denken dee. Blot se, se kunn dar nich von afkamen. All de Jahren harr se stillkens up em lurt, un wenn se em is drapen harr, weer dat heet in är upsteegen, un dat Hart harr är weh dan. Man nu weer se 'n Dag oller wurrn un sehde allens wat anners an. Nu weer woll bäter, se begeef sik dat un nehm so hen, wat är dat Leben todacht harr.

Dat Rot in'n Westen weer afblaßt, de eersten littjen Steerns keeken still von'n Heben dal. Mit 'n mal full 'n Steernsnupp dör dat deepe Blau. Schull man sik nich wat wunschen, wenn man 'n Steernsnupp fallen sehde? Un dat schull denn wahr weerden? As Kind harr se sik allmal 'n Popp wunscht, de äre Ogen apen un to maken kunn, un eenen Wihnachten harr ok richtig so eene up ären Disch leegen. Man nu, schull se sik nu ok noch wat wunschen?

Lene leggde de Arms up dat Heck un keek in'n Heben. Ja, dat weer nu Steernsnuppentied, nu fullen de meersten. Un wenn dat wurkelk gelln dee mit dat Wunschen, — denn weer dat woll de Tied for all de, de niks for är Hart funnen harrn, as dat Vörjahr weer un de Lauerken sungen un de Blomen bleuhden un de Swolken äre Nester boden. For all de, de alleen bleben weern un sik doch lengden un trorig den Harfst kamen sehden. Denn weer dat ok woll äre Tied, dar hörde se nu ok ja mit to. Wer harr dat dacht, dat se, Lene Oltmanns, de smucke, fixe Deern, noch is so in de Steerns keek un sik 'n Mann wunschde? Ja, 'n Mann, se wull sik dat sulben man togeben: se wunschde sik Mann un Kinner, Hus un Garn. So un nich anners hörde dat to är Leben, anners wuß se sik dar kinen Sinn in. Un wedder full 'n Steernsnupp dör dat deepe Blau.

Lene stuttde den Kopp in de Hannen un keek wedder awer dat Land. Wo keem se blot up all de krusen Gedanken? Wat weer dat mit är vundagen?

Do hörde se Trä den grönen Weg längs kamen. Lene keek nich up. Denn leggden sik 'n paar Arms neben är up dat Heck un Hinnerk Dierks stunn bi är, de dar gunt in de littje smucke Kat wahnde un bi den Buern arbeide.

„Na, Lene“, sä he, „kannst ok nich na'n Bett henfinnen un heß vundagen doch so knojen mußt?“

„De Abend is so moj“, sä Lene, „man kann noch slapen nog don.“

„Ja“, sä Hinnerk, „den Dag dör hett usereen kin Tied, in de Luft to kieken, denn kann 'n sik freun, wenn dar abends noch is 'n schöne Stunn affallt. Man dat'n Deern as du alleen dör so'n Sommerabend geiht, dat schull'n nich denken.“

„Dar is väl in'n Leben, wat man sik anners dacht hett as dat denn naher kummt“, sä Lene vor sik hen.

„Dat magst woll seggen“, meen Hinnerk. „As ik mi 'n littje Fro in't Hus nehm, do meende ik ok, dat ik nu for min Leben burgen weer. Man nu is se all dree Jahr unner de Grund, un siet de ole Trina Steenken bi mi intagen is, for minen Husholt sorgt un in'n Hus rumrementert, as wenn är dat alleen tohörn dee, — siet de Tied weet ik nich recht mehr, wat ik to Hus schall un wo dat all noch god to is.“

„Du heß 'n Kind“, sä Lene un keek em immer noch nich an. Do sä Hinnerk niks un bleef still bi är stahn.

Un denn keem Hinnerk so'n bäten dichter ran und streek Lene sachten awer de Hand, awer dat helle Haar, un denn legg he den Arm um äre Schullern, — un Lene bög den Kopp nich weg un schuddel den Arm nich von äre Schuller, un stunn still und stur unner de Steerns un dach blot trorig in sik rin, wo dat Leben doch blot god to weer. Un denn fung Hinnerk an, dat se em doch woll god nog kennde, un wuß, wat von em to holn weer, dat he är all immer geern lieden mucht harr — ja, un wat se sik nich tohop don un Mann un Fro weerden wullen. „Ja“, harr Lene do seggt, „ja, wenn he dat mit är versöken wull.“ Se weern noch 'n Stuck tohop längs gahn, bit Lene em de Hand geef un alleen na den Hoff inbög.

Un denn weer noch een Steernsnupp fullen, un do harr Lene an Beernd Coors dacht.

As Lene an't Hus keem, weer noch Lecht in de Deenstenstuv. Weern de ok noch nich na'n Bett? Se hörde juchen un lachen, — dar weer woll Besök. As se in de Dör keem, bleef se mit de Klink in de Hand stahn, so verfehrde se sik: de dar neben Tille, de Kökendeern, seet un mit de Knechten prahlde un lachde, dat weer Beernd Coors.

„Lene“, sä Beernd Coors un heelt äre Hand, „wi hefft us ja lang nich sehn. Dat is bold 'n Jahr her, wat?“

„Dat kann't woll wesen“, sä Lene so eben hen, as wenn se dar nich väl up toslan harr, un wuß doch den Dag noch.

„Dat man sik so ut de Ogen kamen kann. Un hefft doch is tohop danzt un fiert, Lene. Weeß dat woll noch?“ sä Beernd und keek är wiß an.
„Dat is lang her“, sä Lene un keek an em vorbi. „Dar weet ik niks mehr von.“
„Denn möt ik mi woll is bi di upfrischen“, meen Beernd awerdorig, „dat du mi nich so gau wedder vergeeten deist!“
Lene settde sik unnen an den Disch. Wat dee Beernd Coors hier? Wat wull he von är nu, wo dat still in är wurden weer un se just Haben binnen lopen wull mit är Schipp, wat lang nog hen un her rumdreben harr? Wat höfde he nu noch ären Weg to krüzen?
He weer ganz as immer, Beernd Coors. Sine Ogen lachen, he vertellde dulle Fahrten un spälde Bas. All lustern blot na em hen, un de littje Tille juchde lut up, wenn Beernd är in de Sied kneep un sik vor Pläseer nich to laten wuß.
Dat weer lat wurden, as Beernd weg gung. De Knechten luchen em dör den Stall to de Dör rut. Tille sleek ut de Siedeldör: se muß noch ’n paar Stuck Tüg von de Bleek halen, dat harr se ganz vergeeten, sä se, un de Fro harr är dat noch so inknutt’t, un dar kunn dat anners morrn woll ’n natt Schuer um geben.
Lene gung na’n Bett, se weer dotmöd un wuß doch, dat se nu nich slapen kunn. Se sä niks, as Tille bi är in’t Bett krop un liesen frag: Sleepst all?“ de Dek awer sik slog un bold insleep. Wat schull nu weerden mit är? Weer dar ’n olet Hapen, dat se den Kopp so faken dal bögt harr un von dat se glöfde, se harr dat ganz in sik dal kreegen, wedder in är upstahn? Wat wull Beernd Coors, warum keem he? Harr he är ok nich vergeeten kunnt, so as se em nich? Leet dat nich so, as wenn he ok allens noch wuß, wat se tohop harrt harrn? Wat schull dat bedüden?

Un Hinnerk Dierks, wat schull mit den weerden? Kunn se em är Wurt wedder nehmen? De hörde to de, de swar von een up't anner könt, de'n Last, de är dat Leben up de Schullern leggt, nich afsmieten könt un se bit to En'n drägt, un de all ären Globen up eenen Minschen sett un dör eenen Minschen verleert. Un se wuß ok, se kunn dat narns bäter hebben as bi em, in sine smucke Kat un mit de littje puspackde Deern, de är Mudder dat Leben kost harr. Man harr är Hart nich dat eerste Recht un slog dat nich immer noch den olen Slag: Beernd Coors?

Lene smeet sik von een Sied up de anner, dat Bettstroh knisterde, — se kunn kine Rauh finnen. De grode Klock in'n Windfang slog een Stunn na de anner: se kunn nich mit är Denken trecht kamen. De littje Tille, ja, de sleep so moj un harr sik so wählig in de Kussens leggt. „As'n Kind, dat noch kin sware Gedanken kennt", dach Lene un streek är sinnig awer dat kruse Haar. Do full 'n halwet Upwaken in Tille ären söten Drom, se kuschel sik dicht an Lene ran, legg de Arms um är un kunn dat nich mehr bi sik bargen: „So hett he mi umfat't, buten in'n Garn, Beernd, Beernd Coors", flusterde se. Denn leet se von Lene af, reckde är junget Lief noch mal un full in ären Drom trurch. De eerste Schien von den jungen Dag streek awer är gluckelk Gesicht.

De Nacht weer rum. Lene bög sik to dat Bett rut un keek ut dat Finster. Een leßten Steernsnupp susde langhen dör den bleeken Heben: do weer all är Wunschen bi Hinnerk Dierks, sin Hus un den Garn, — un 'n paar littje Flaßkopp leepen dar mit mang.

Sine

Bargmanns harrn all är Lefdag to mitten in't Land wahnt, wiet af von de annern Hüs' in de Gegend. Se harrn dar är Buree bedreben: de beiden Bröder, de Suster un 'n ole Magd. Se wussen dat garnich anners: se weern dar up de Welt kamen un dar grot wurden, un as äre Olen dot bleben weern, harrn se den Hoff awernahmen un fudderwirtschaft. Dar weer niks anners wurden, blot dat nu Jan, de Olste, in den groden Stohl bi'n Aben seet, wo vordem de Vadder seeten harr, un Sine nu de Platz an't Finster tohörde, wo anners de Mudder seet. De Magd harrn se in't Hus nahmen, wiel for Sine alleen de Arbeit toväl wurd, un wiel de dar nu so ganz mit tohörde, weer se bi Bargmanns bleben un mit är olt wurden.

Väl beleft harrn se nich, dat gung allens sinen stillen Gang. Den Dag dör geef dat immer Arbeit un bi't Eeten seeten se still bi 'n anner. Dar wurd woll is'n Wurt awer dat Wär un awer de Buree seggt, man wat schulln se sik anners väl vertellen? De Breefdräger, de dat Blatt brocht, de Veehhändler, de Beester kofde, un af un an woll is 'n Kistenkeerl mit Schorten, Twirn un Bänner, — mehr Minschen keemen nich in't Hus. Un na dat nächste Dorp fahren se blot, wenn se dar wat to don harrn. So gungen de Dag' un Wäken, so gungen mit Sein un Arnten, Sommer un Winter de Jahren hen.

Ton Freen weern se nich kamen, dar weer niks von wurrn. Se harrn woll is, as se noch jung weern, 'n Ball mitmakt, man dat weer bold wedder nableben, dar wussen se niks recht mit sik antofangen. Un laterhen — ja, dar weern woll is warme Vorjahrsabende wesen, wo de Sireenjen achter äre Finster bleuhden un wo de Vagels den ganzen Dag sungen harrn, — wo jeden alleen gahn weer un wiet awer dat gröne Land keeken harr, wo se noch stiller weeren as anners un wo een den annern nich recht ankieken much, man den annern Morrn harr allens wedder dat ole Gesicht harrt, un de Arbeit leet de krusen Gedanken nich mehr upkamen. Geerd harr is na de Nabersdochter freet, man de harr so nich bi är intehn wullt. Jan un Sine schulln rut. Dat harrn se nich wullt, un do weer allens so bleben. Wat bruken se ok noch ’n Fronsminsch, se harrn dat ja so god mit ’n anner.

As de ole Magd dot bleben weer un se sik an ’n anner nich mehr wöhnen wullen, bedachen se, dat se de Buree nu man togeben wullen. Jan wurd olt un kunn nich mehr so arbeiten as fröher, un wenn Sine ok eers an de foftig weer: wat schullen se sik noch quälen? Se harrn for är Leben nog to vertehrn, un Kinner harrn se ja nich. So verkofden se ären Hoff un togen na dat nächste Karkdorp, wo se sik dat Leben lichter maken wullen. Dar harrn se nu Hus und Garn, Swienen un Höhner, dat se nich ganz ahn Arbeit weern. De eerste Tied harr dat väl Nees for är geben, dat weer nu ja allens ganz anners. Man so bi littjen harr är Leben wedder sinen stillen Gang kreegen. Un as de Bröder de Bank, de vorn Hus na de Strat to stund, achtern Hus na’n Garn to set’t harrn, wo se abends seeten, äre Piep smökden un in’n Heben keeken, siet de Tied harrn se mit de annern Minschen nich mehr to don as vordem. An de Strat harr är dat nich mehr gefulln, wo är jedeneen in den Piepenkopp kieken kunn.

Mit Sine weer dat anners wesen. De harr sik ’n olen Gardenstohl in de buterste Eck von’n Garden stellt, wo ’n Pad achter de Busch längs gung un wo de Wagenmaker, de gegenan wahnde, Balken un Holt liggen harr. Dar seeten abends de jungen Lüd, Jungens un Deerns, vertellden sik wat, lachen und juchen. Twuschendör sungen se ok woll is un een spälde de Handharmonika. Sine schullt immer gegen äre Bröder, dat so junget Volk niks anners to don harr, un dat de Deerns sindag kin Stricktüg mit harrn, se argerde sik dar jeden Abend awer, man se seet dar doch immer wedder.

Un eenen Abend, as de annern all to Bett wesen weern, harr se hört, wo twee, de sik leef harrn, up de Balkens seeten. Dar leet se är Stricktüg in'n Schot sacken, dat kin Nadel klapperde, un rögde sik nich. Se weer so lat na'n Bett gahn as anners noch an kinen Abend, un weer nachts noch mal upstahn un harr är Finster to makt, wiel de Rök von den Hollunder so stark in äre Kamer trocken weer. Un von de Tied an harr se äre Bröder nich recht mehr in de Ogen kieken mucht un harr äre Arbeit hastig dan as een, de blot fertig weerden will un lang sine Gedanken up wat anners hett. Se weer ok fakender in't Dorp gahn un bi den Wagenmaker stahn bleben, de Witwer weer un noch 'n Keerl in de beste Kraft.

Up de anner Sied von Bargmanns wahnde Timmermann Meischen. As Sine is in'n Garn stund to planten, weer dar 'n littjen Jung dör dat Lock in'n Hagen krapen, harr sik breetbeenig un mit de Hannen in de Taschen henstellt un ropen: „Wat makst du dar, Tante?" Do harr Sine em bi de Hand nahmen un em den Garn wiest, de Katuffeln un de Arfken, de Wuddeln un de Petersilie un toleßt de Blomen. Bit Fro Meischen kamen weer un ären Heini ropen harr. Von de Tied an stunnen de beiden Frons woll is an'n Hagen bi'n anner un snackden von dat Wär un von'n Garn un of dr woll wat wassen wull. Un denn keem Fro Meischen ok is rawer un seet 'n Stunn bi Sine un vertell von ären Keerl.

Ja, är Keerl —, de weer ja so god mit är un se weern ok ja so gluckelk tohop, wenn he blot to rechten Tied ut't Wirtshus na Hus finnen kunn. He gung dar ja nich faken hen, nä, dat kunn'n nich seggen, man wenn he dar is to keem, denn dee he dat nich anners, as dat he eers in de Morgentied un in slimmen Tostand na Hus keem. Denn weer dat slimm mit em. Denn gröl un schullt he, denn slog he um sik, bit dat Schören geef, ja, un eenmal, — ganz liesen harr de littje Fro dat seggt, — un eenmal harr he sik ok an är vergreepen. „Un denn sund Se doch bi em bleben?“ sä Sine un kunn dat nich begriepen. Dat harr is een von äre Bröders don schullt oder wenn se 'n Keerl harr — nä, dat harr se sik nich gefallen laten, denn weer se weglopen, up de Stä, un harr sik annerwegens är Brot verdeent

Un eenen Sonndag weer Fro Meischen ganz verbiestert bi Sine anlopen kamen un harr weent un sik nich to helpen wußt: ditmal weer är Keerl garnich na Hus kamen. De ganze Nacht harr se lurt un nich slapen, harr immer lustert up jeden Trä, de up de Strat gahn weer un up allens, wat in de Nacht lut ward, — un denn weer dat Morgen wurrn, un he weer nich kamen, un nu weer de Klock nägen un he weer dr immer noch nich. Un se kunn em ok nich söken: wenn he denn noch eenerwegens seet in'n Gaststuv, — dat harr se in de eerste Tied mal dan un weer nachts losgahn, do harrn all de annern Keerls em utlacht, un he weer so vergrellt wurden, — nä, dat druff se nich don. Se muß dat ruhig aflurn, bit he keem. Wenn em man blot niks passeert weer, se harr so 'n gräsige Angst!

Sine versoch är to begöschen un schullt up den Timmermann, dat gung doch nich, wenn he dat so bedreef. Un dat muß se, sine Fro, em seggen, se druff sik dat nich gefallen laten. Wenn se dat immer all so hengahn leet, denn wurd dat immer slimmer. Ja, sä de littje Fro, ja, se wull em dat seggen. Un denn gungen de beiden Frons af un to, un dat wurd immer later, un de Timmermann keem un keem nich.

Man von Middag af leet Fro Meischen sik nich mehr sehn, un as Sine na'n Koffidrinken is rawergung un na är keek: Ja, um Middag weer he kamen. Dar weer een mit'n Wagen wesen un harr em mitnahmen na dat annere Dorp hen, un dar harrn se de Wirtshüs' afklappert, he harr dar nich soväl Schuld an. Ja, un nu sleep he. Awer seggt — nä, seggt harr se em niks, dat harr se nich kunnt, — se weer ja so gluckelk wesen, nu he dr man wedder weer.

Do harr Sine niks mehr seggt un weer still na Hus gahn. Se harr sik achtern in'n Garn sett't, wo de breede Graben langs gung, man dat Stricktüg harr är so in'n Schot leegen, dar weern nich dree Turen ankamen. Se harr den Koffi up den Herd un dat Brot for abends up'n Disch sett't, un weer wedder na buten gahn, as wenn är dat in'n Hus kin Rauh leet. Mit äre Bröders harr se nich snacken mucht, un as Jan von den Timmermann un sine Fro anfangen wuli, harr se em dat Wurt kort afsnän: „Dar weß du man still von", un dat harr recht so 'n bäten minnachtig klungen, as wenn se seggen wull: Och, wat versteihst du dar von!

Un von nu af weer dat immer fakender wesen, dat se den Koffi un dat Eeten nich to rechten Tied up'n Disch harr. De Bröder schuddelden den Kopp un mussen dar sulben na umkieken. Jan weer acht Dag mit 'n tweie Jack rumlopen, wat Sine anners nich eenen Dag harr mit ansehn kunnt. Un Sine weer noch fakender in't Dorp gahn as vordem un weer noch länger bi den Wagenmaker stahn bleben as anners. „Se ward olt un snackerig", sän de Bröders un hulpen sik sulben so väl as dat nödig weer un so god as dat gahn wull.

Na Meischens gung Sine nich faken mehr hen, man de littje

Heini keem meers jeden Dag dör den Hagen krupen, he weer bold mehr bi Sine as bi sin Mudder. Denn gung Sine mit em los, schunk em 'n schöne Blom, nehm 'n Grashalm twuschen äre Dumens un tutde em wat vor, sneet em 'n slanken Stock von de olen Weiden, de achtern an'n Graben stunnen, un makde em dar 'n Fleut ut. Oder se kneep ut Reith littje Schäp trecht, de se denn tohop swemmen leeten — dat weer to moj! Dar achtern an'n Graben spälde Heini up't leewste.

Man eenen Dag, as Sine noch in'n Hus wat to don harr un Heini sulst sine littjen Schäp swemmen laten wull, harr he sik to wiet awer den Graben bögt un nich bedacht, wo licht Gras rieten deit, wenn man sik dar an fastholen will. Un so weer Heini in'n Graben fullen. Sine, de em von dat Kökenfinster ut sehn harr un nu vergefs na em utkeek, keem verjagt un vull Angst ansusen, sehde Heini to midden in'n Graben liggen, un wiel se em so nich aflangen kunn, steeg se gau in't Water, heelt sik an'n Weidentwieg fast un tog, just dat se sik sulben noch mit naue Not holen kunn, den littjen Heini ut dat Water.

Un nu stund se an't Öwer, heelt dat Kind in äre Arms un druckde dat an sik. Tranen leepen är awer de Backen, se föhlde se sulben garnich un harr ok nich seggen kunnt, of dat for Angst oder for Freude weer. Mitdem keem ok Fro Meischen, de är Mudderhart woll herdreben harr, anstorten, reet dat Kind ut Sine äre Arms, nehm dat fast an äre Bost un reep: „Min Kind! Min littjen Heini!" un leep mit em na är Hus to.

Sine sackden de Arms an'n Lief dal. „Min Kind! Min littjen Heini!" klung dat in är na. Ja, — se kunn em Blomen geben, Fleuten snien un littje Schäp maken, — se kunn em ut'n Graben tehn un dar sulst bit an'n Hals bi in't Water kamen,

— denn slog Heini doch sine littjen Arms um sine Mudder ären Hals un legg sinen Kopp an äre Backen, un denn heede dat doch: „Min Kind! Min —!“ Wat harr se sik doch ok dacht? Wat harr är olet Hart denn wullt?
Sine keek bi sik dal. Ja, se muß annert Tüg antehn, se weer von baben bit unnern natt. Se gung na’t Hus to. Fot vor Fot. Of se krank wurd? Se weer so möd. Dat kole Water harr är saß nich god dan. Se tog sik um un kakde sik Koffi. Denn spölde se är Tüg, hung dat an de Lien un gung wedder an äre Arbeit. Noch stiller as anners, man se kunn dar garnich mit klar weerden, so nau steek är dat nu mit’n mal wedder.
Abends keemen de Timmermann un sine Fro un bedanken sik, dat Sine ären Heini rett’t harr. He leeg to Bett, dat gung em awer god, — ja, man dat Spälen dar an’n Graben, — dat weer doch woll bäter, wenn dat nableef, dar kunn to licht wedder wat bi passeern. Un Sine kunn dar ok nich immer uppassen. Man anners bleef dr dat bi: gode Naberschupp! Nabers mussen sik ’n bäten um ’n annern kummern. Of se all hört harr von ären Naber up de anner Sied, den Wagenmaker? De nehm sik ’n junge Fro in’t Hus, in seß Wäken schull Hochtied wesen.
Den annern Dag plantde un bund Sine den Hagen trecht, um dat Lock na Meischens Garn hen dicht to maken. Denn nehm se ären Stohl un stellde em neben de Bank, wo äre Bröders abends seeten, un wo se von nu af bi är weer un strickde. In dat Dorp gung se blot noch, wenn se dar wat to don harr, un denn keem se immer bold wędder. De Koffi stund wedder to rechten Tied up’n Disch, Jan sine Jack weer flickt, un dat Eeten weer bäter as vordem. So god harrn se dat noch ärlef nich harrt, sän de beiden Bröders, so god as nu harr äre Suster är anners noch nich plegt.

Anna Lürssen

Recht weer dat woll nich, so as Anna Lürssen dat makt hett, man wo 'n goden Minsch sinen eegen swaren Weg geiht, wer will sik dar as Richter baben setten un seggen: dit is recht un dat weer slecht?

Wenn se wußt harr, wo allens kamen schull, weer se den eenen Abend woll nich Lüder Mengers in de Möt gahn; Lüder Mengers, de Schipper weer un sine ole Mudder besöken dee, wenn he wedder 'n Fahrt makt harr. Man so keem se den Diek lang gahn, un Lüder Mengers sine blauen Ogen fungen an to luchten, as se vor em stund. „Süh, Anna!" sä he un heelt äre Hand, „dat is moj, dat du mi 'n bäten in de Möt kummst. Ik heff ok all immer an di dacht, den ganzen Weg." Un denn gungen se tohop längs as twee Minschen, de tohop hört un de dat so god weet't, dat se dar garnich eers lang von to snacken höft.

Un weer dat ok nödig, dat Lüder dar väl Wör um maken dee? Se kenn'n sik ja lang nog, all von de Scholtied her. Wat de Mengers for gode Jungens weern, wuß jedeneen achtern Diek, un Anna Lürssen harr ok noch nums 'n slecht Wurt naseggt. Anna gung nich mit anner Jungens, un Lüder keek nich na anner Deerns, un wenn he nu bold eerste Stüermann wurd, schull sik ok woll'n littjet Hus finnen, wo se tohop wahnen kunn'n.

As se an de Stä stahn bleben, wo 'n littjet Pad den Diek dal gung na Anna Lürssens Hus to, tog Anna är Dok faster um de Schullern, as wenn se freern dee. Man de Abend weer so still un warm, wo schull dar Kull herkamen? Oder weer dat'n

Ahnen, dat awer är Hart tog, so as an'n stillen Abend mit'n mal een liesen Wind de Blomen bögt un dat Water krüselt, wi weet't nich, wo he herkummt, un dat is as'n lieset Süfzen ut'n anner Welt, von de wi niks weet't?

Lüder Mengers harr den annern Dag wedder weg mußt un swemmde all up hoge See, as dar'n jungen Keerl na dat Hus tobögte, wo Anna mit ären Vadder 'n littjen Laden bedreef. De junge Keerl keek sik dat Hus an, as wenn he dar wat Besunners an funnen harr. Toleßt gung he up de Dör to un druckde de blanke Klink dal. Wo ornlich un smuck dat allerwegens weer. De Steenen in't Hus weern rot schürt, un allerwegens blänkerde dat ole Messing: an de Schapps, an de Dörn, den olen Schirmstänner, un de littje Kugel an de grode Waag', de up de Daal stunn, ok de littje Kugel to'n Utglieken weer blinkerblank.

Anna Lürssen keem dör de Dör achtern Ladendisch un frag: „Wat schall't wesen?" Ja, wat schull't woll wesen? Wat to'n Mitbringen for sine Susterkinner, 'n bäten wat Söts oder 'n bäten to'n Späln, wat se harr. Un denn keek he är so frundlich un fragwies' an, un denn wies' se em dit un dat, un denn keeken se sik wedder an — schull't sowat wesen? Ja, wat se meende, se wuß dat säker bäter as he, se harr woll sulben Kinner? Nä, dat harr se nich, se weer noch 'n Deern, un de Johann Lürssen, den sin Nam buten an de Dör stunn, dat weer man är Vadder. Un denn harrn se sik wat vertellt, un he heede Martin Onken un wull na sin Suster un sin'n Swager, wo he blieben wull, wiel he kin Stä harr. Un denn geef he är de Hand un vergeet to betahlen, dreih wedder um un frag Anna, wat he nich is wedderkamen druff. „Wenn Se is wedder wat nödig hefft?" harr Anna Lürssen seggt un em bit an de Dör brocht.

„Wenn Se is wedder wat nödig hefft", — ja, dat harr se seggt, un se kunn dar niks an don, dat he den annern Dag all wedder keem. Se wuß ok sulben knapp, dat se stilkens all na em utkeek un väl flinker leep, wenn de littje Pingel baben de Dör bimmelde. „Wenn Se is wedder wat nödig hefft", — un he harr wat nödig, mal dit un mal dat un leewer jeden Dag as een um'n annern. Se harr dat nich wullt, Anna Lürssen, man se kunn dar niks mehr an maken, dat är Hart kloppde, wenn se em man von feerns sehde, un se immer an em denken muß.

Twuschendör keem är Lüder Mengers in'n Sinn, un se much dar garnich an denken, wat dat weern schull. De weer nu up See, weet Gott wo, un dach woll an är, un se, se dach immer blot an Martin Onken. Nä, wullt harr se dat nich, dat allens so keem, man se kunn dar nich gegenan: är Hart harr dat Seggen awernahmen, un se gung hen, wo är dat hen hebbn wull, up'n Diek un achtern Diek, in'n Garn un up de Strat, to'n Danzen un to'n Rojen, — un immer weer Martin Onken nich wiet. Se harr em trurchstöten schullt, as he är to'n eersten Mal in de Arms nahmen harr, — ja, man dat harr se nich kunnt, nä, dat harr se nich kunnt. Dat harr woll all so kamen mußt mit är beiden. Se wussen sulben nich, wat är to'n anner dreben harr, man as'n paar Mand in't Land gahn weern, kunn se em niks mehr afslan.

Un Lüder Mengers, wat schull nu mit den weerden? Dat Beste weer woll, se schreef em, he schull nich mehr an är denken, mit är beiden muß dat ut wesen. Denn wuß he dat gliek, wenn he keem, un se bruk em dat nich eers noch to seggen. Anna kreeg Fedder un Papier her un schreef mit stakige Bokstaben baben up den Bagen: Min leewe Lüder! Wieder keem se nich. Wo schull se em dat blot ut'n een setten, wat schull se von är Leef seggen? Kunn man dat awerhoop schrieben? Anna Lürssen legg dat Papier an de Sied, — nä, se wull em dat leewer seggen, wenn he keem, gliek in de eerste Stunn; he muß dat doch begriepen, — se harr nich anners kunnt.

Un immer wedder un mit immer mehr Angst seeg se sin Gesicht vor sik upstiegen, bit he mit'n mal wurkelt vor är stunn, „'n Dag, Anna! Süh, dar bun ik wedder. Wo geiht di dat denn noch?“ sä he un keek är mit sine blauen Ogen trohartig an. Un denn snacken se von dit un dat, von dat Wär, von'n Garn, von de Schipperee un von wat all, — man as he weg gung, harr Anna em niks seggt von dat, wat är doch up'n Harten brennde.

Lüder weer ditmal ganz kort an Land un keem blot noch eenmal, Adjüs to seggen, un weer so anners, un keek är so eegen an, strak är is awer dat Haar, fat är um, un as se sik wehrn wull, nehm he är faster in'n Arm un küß är for dull un leep gau na'n Diek to un keek sik nich mehr um. Anna wull em achterna, man se kreeg kinen Fot vor'n annern, se wull em ropen un kreeg kin Wurt rut. Do leet se de Arms sacken un gung in't Hus.

Nä, se wull em doch leewer schrieben. He weer nu up'n grode Fahrt un harr är upschreben, wo se em'n Breef henstürn kunn. Denn kreeg he dat dar achtern in Afrika oder Amerika to weeten, un he harr sik dar sach all mit affunnen, wenn he wedder keem. Anna kreeg den Breefbagen her. Se quäl den eersten Satz trecht un den tweeten, denn legg se de Fedder wedder dal. Kunn'n Minsch up de anner Sied von de Welt är Leef naföhln? Un schull he sik de ganze Reis' dar mit quälen? Kunn em nich up sin Schipp un up de hoge See jeden Dag wat tostöten, un denn harr se em dat noch eers andan. Se packde den Breefbagen wedder in de Schuflad, — se kunn em ja na

England schrieben, wo sin Schipp anlopen wull, denn weern dat immer noch 'n paar Dag, bit he trurch keem.

Un de Tied leep fudder, un Anna Lürssen harr'n Drom. Se sehde 'n Schipp in de Nurdsee, dat gegen Storm un Wellen angung. Bold sehde se Lüder dar up, bold Martin, dat gung allens dör'n anner, as dat in'n Drom to wesen plegt. Man dat eene wuß se den annern Morgen ganz wiß: toleßt harr se sulbn up'n smal Brett stahn, un vor är weer dat Schipp unnergahn. Se harr Lüder noch eenmal de Arms ut dat Water recken sehn, denn weer he wegsackt. Anna kunn dar den ganzen Dag nich von afkamen, de Drom leeg är swar in'n Sinn. Dat harr wat to bedüden! Lüder keem nich wedder, de bleef in de Nurdsee. Schull se em nu noch schrieben? Wenn dat denn all so kamen muß, schull he in den Globen unnergahn, dat se em leef harr un em tohörde.

Weer Anna Lürssen all still wurden in de leßten Wäken, denn wurd se nu noch stiller. Un so, as se in sik wat kamen un wassen föhlde, so harr se'n düster Ahnen, dat dar ok buten wat wassen un kamen dee, — se wuß nich wat, man dat weer as'n Barg, de up är dalfalln wull. Un wenn dar een den Diek dal keem, föhlde se är Hart kloppen, ehder de Pingel baben de Dör anslog.

Bit eenen Dag Lüder Mengers vor är stunn. Anna wurd bleek un keek em mit unsäkere Ogen an.

„Wat is denn, min Deern?“ sä Lüder un nehm äre Hand, „heß di so verfehrt? Wuß du denn nich, dat ik um disse Tied wedderkamen dee? Geiht di dat nich god? Heß mi ja nich eenmal schreben?“

„Nä“, sä Anna, „ik wull dat immer, un denn weer dat to lat, un ik bun dar nich to kamen.“

„Lat man god wesen“, sä Lüder un streek är awer dat Haar, „ik bun dr nu ja. Un ik bun eerste Stüermann wurrn un kann tein Dag an Land blieben. Nu könt wi us na'n Hus umkieken un allens ruhig awerleggen, wat weern schall.“

„Wat weern schall!“ sä Anna un keek in eene Spor un dach sik dat — och, so ganz anners as Lüder dat meen. Un denn keem Lüder dat ok an, dat dar wat twuschen är weer, un he wuß nich, wat he mit Anna anfungen schull. He keek är nich mehr an un gung still rut, as buten de Dör gung un Anna gau in'n Laden leep.

Un denn keem dat all so, as dat kamen muß. Eers keek em sin Broder so eegen an, as Lüder von Freen snacken dee, denn hörde he hier'n Wurt von Martin Onken und dar een von Anna, un as he namiddags in'n Krog gung un'n Glas Beer drinken wull, keem't rut. Eers lurde dat so hen, bit Lüder up'n Disch haude un sä: „De wat up Anna Lürssen seggen will, krigt dat mit mi to don. De Deern is min Brut!“ Do weer dat eers 'n Ogenblick still in de Gaststuv, un de Lüd keeken em so wunnerlich an, dat em de Angst toschot. „'n schöne Brut, de sik mit 'n annern afgift!“ klung 'n grawe Stimm ut de Eck. Lüder sprung up: „Wat for een schall dat wesen hebben? Seggt mi dat, ik will afreeken mit den Lump!“

As Lüder ut'n Krog gung, wuß he nog. Nu kunn he sik ok denken, wat Anna em so benaut un bleek ankeeken harr, un dat se so ganz anners weer as vordem. Man kunn een mehr bedragen weern, as dat he mit'n Brut gung, de von'n annern 'n Kind unnern Harten drog?

„Warum heß du dat dan?“ stunn he vor Anna.

„Ik kunn nich anners.“

„Warum heß du mi niks seggt, as dat noch Tied weer?“

„Ik kunn nich.“

Do spee Lüder Mengers vor Anna Lürssen ut: „So eene buß du! Dine Schann un mine Schann! Un ik Narr heff di leef harrt as min Leben un an di glöft!“ Sine hellblauen Ogen weern flackerig un düster as de See, wenn Storm kummt. Un as Anna niks mehr sä un är blot de Tranen immerlos awer de bleeken Backen leepen, dreih he sik um un gung stur un stief na'n Diek to.

Un ok dat hett woll so wesen schullt, dat em dicht bi'n Siel Martin Onken in de Möt keem.

„Kumm“, sä Lüder un nehm em mit sine Schipperfust fast bi'n Arm, dat Martin bidreihn muß, „ik wull geern is mit di snacken. Wi kennt us ja noch knapp un kunnen us woll dit un dat to seggen hebben.“ Mitdem tog he em na den Anlegger hen. „Man ik bun Schipper un kann an Land nich so de rechten Wör finnen“, sä he un stürde Martin in'n littjet Seilboot rin, „up't Water snackt sik dat bäter. Heß Angst?“ lachde he minnachtig, as de anner stahn bleef un nich wuß, wat weern schull. Do sprung Martin in dat Boot un Lüder seilde los.

Wat sik dar buten up See twuschen de beiden afspält hett, is kin Minsch gewahr wurd'n. Un nich Sunn af Mand noch ok de littjen Steerns hebbt tokieken mucht, se hebbt sik all 'n griesen Sleier vör de Ogen tagen. Dat kenterde Boot wurd den tweeten Dag von'n Schipp rinslept, von de beiden Minschen hett nums wedder wat sehn. Un Anna Lürssen? Kunn se noch fudder leben? In de Nacht von densulben Dag stunn se up den Anlegger, un as de Flot afleep, nehm se är mit in de See.

Dat weer woll nich recht, so as Anna Lürssen dat makt hett, man wer will seggen, se weer slecht? Wer mag awer är Hart to Gericht sitten?

Höger rup!

As Früderk Bomann noch 'n Holster von Jung weer, harr sin Vadder all von em seggt: „De will hoch rut!“ Dat keem, he wull immer to dat Burt rup, wo de Honnigpott stund. Mag awer ok wesen, sin Vadder ahnde all, wat in den Jung steek. Wahr is: dit Wurt bleef an Früderk behangen.

Man schull nu denken, Früderk weer Schosteenfeger wurden. Nä, dat wull he nich, de Kunst weer em to swart. He settde sik leewer up Mester Harms sinen Sniederdisch un versochde, wat he dat Leben nich ok mit Nadel un Ell bikamen kunn. Dat he nich bi den Dorpsnieder un bi de Jacken un Boxen von Jan un Allemann behangen blieben wull, stund bi em fast. Man for dat eerste muß he sik dar an proben, un wenn de Boxen ok faken to wiet un de Jacken to kort utfullen: he kreeg dat noch rut, un eerste Tosnieder in'n grodet Geschäft in de Stadt to weerden, weer dat Minnste, wo he dat bi bewennen laten wull.

Den Snieder sine Dochter, de glaue Tille, wull ok höger rup, man up är eegen Art un Wies'. Jeden een hett in'n Leben sinen Honnigpott, wo he na langen deit, wenn he em ok meerstens nich krigt. Tille harr sik dat in'n Kopp sett, se wull 'n Burnjung freen un recht so'n staatsche Burnfro weerden. Man dat heelt är nich af, ok mit den smucken Willem Rüther to frundjen, de kortens 'n littjen Kramladen apen makt harr. Wer kunn weeten, wat ut den noch mal wurd. Man de eerste Macker bi är weer doch Jan Wilkens, de stäwige Burnsöhn. Twee Isen in't Für sund bäter as blot een, dach Tille un wuß sik dar ganz moj mit to behelpen. Harr se an dat rechte

Finster de Gardinen trurch steeken, denn heede dat for Willem Rüther: De Ol is ut, nu kumm man. Hung an dat linke Finster von de Sniederstuv 'n ole West oder anners 'n Stuck Tüg, weer Jan Wilkens an de Reeg. Dat gung ganz verdeuwelt, denn Früderk, de Gesell, kummerde sik dar fudder nich um un sä niks na. Wat gung em de Deern ok an? Niks heelt dr in'n Leben mehr up as Frundjen un Freen, un he wull fudderkamen, höger rup!

„Wat de Jungs doch blot eenmal an di hebbt", sä Früderk knurrsch to Tille, de is wedder de Gardinen trurchsteeken harr un nu up Willem sin Fleuten lurde, „dat kann ik garnich begriepen!"

„Nä, dat kannst du ok nich", sä Tille fünsch, „du heß ja Klappen an de Ogen un sußt niks as Jacken un Boxen. Heß du mi woll is eenmal recht ankeeken?"

„Wat schull dat an di woll väl to kieken geben", sä Früderk ganz verbaast.

Man dar keem Tille in de Gang: „Kann ik mi nich sehn laten? Bun ik nich rank un slank wussen? Kin Pund toväl von baben bit unnern?" „Dat lett sik slecht nawägen", sä Früderk.

„Un min Haar? Heß woll noch garnich sehn, wo week un krus dat is."

Früderk keek är an: „Kruse Haar un grode Föt, lopt den Düwel in de Möt."

„Grode Föt? sä Tille vergrellt, „wer hett dr hier woll grode Föt? Ik wiß nich!"

„Dat mag ok woll heeten ‚flinke Föt'", verbäterde Früderk, all wat benaut.

„Du versteihst dr wat von!" sä Tille un muß nu all bold lachen awer Früderk, de dar mit unnerslan Beenen up den Disch seet un von niks wat af wuß.

Früderk legg sin Neihkrams bi Sied und dreih sik na är to. Em keem nu meers sulst so vor, as wenn he är noch sinlef nich recht ankeeken harr.

„Na, un mine Ogen?!" versoch Tille dat nochmal un funkel em gleunig an. Se vergeet in dissen Ogenblick ganz, dat se den unbedarften Früderk, un nich Willem oder Jan vor sik harr.

„Deern, kiek mi nich so an", sä Früderk un greep gau wedder na sin Neihtüg. „Ik bun kiddelig in de Ogen."

Wenn Früderk dat harr seggen schullt: nä, em leeg niks an de Deern! Man argern dee em dat von nu af doch, wenn Willem Rüther un Jan Wilkens dar so achter an steertjen deen.

„Bill di blot nich in, dat Jan di nehmen deit", sä he to Tille. „'n Burnjung un 'n Sniedersdeern, dat paßt nich tohop. De will blot mit di smüstern, un denn lett he di lopen!"

Tille sä niks un dee, as wenn se dat garnich hörde.

„Un Willem Rüther schull man leewer achter sine Heringstunnen blieben un hier nich immer bi use Hus rumflankeern."

„Dat geiht di niks an!" sä Tille fünsch.

Nä, dat gung Früderk niks an, dat sehde he suls woll in. Man dar weer wat anners wurden. Wenn jichtens düster Wär weer oder Früderk abends noch wat neihn muß, denn steek he an dat linke Finster, wo de Maschin stund, de Gardin trurch, un to anner Tied dee he, as wenn he dat vergeeten harr un makde se los, wenn Tille är trurchsteeken harr. Sin Neihkrams hung he faken an dat rechte Finster, un wenn dar anners is 'n ole West hung, denn muß he dar just nödig bi to flicken. Jan un Willem keemen dar ganz bi up Unstür, un Tille harr bannig to don, dat wedder in de Reeg to kriegen. Wenn Tille ut de Dör gung, keek Früderk är na, abends streek he solang um dat Hus, bit he se „tofällig" drapen harr. Un as Tille is eenmal in de Sniederstuv kamen weer, harr he up'n Disch seeten un

fleut't as'n Drossel in't Vorjahr. Un dat harr he noch nich eenmal dan in all de Tied, de he bi Snieder Harms weer.
Wunnerliche Teeken weern dat bi Früderk Bomann. Man nums slog dar väl up to, he sulben ok nich. Denn wenn em een fragt harr: Nä, em leeg niks an de Deern!
To Harfst harr Früderk ganz alleen 'n nee Box for den Paster sniedert un an 'n Sonndagmorgen sehn, wo de Paster de Box unner sinen Talar an harr. Do sä Früderk to Mester Harms: he wull to'n nächsten Eersten gahn. He weer hier nu to En'n. Wenn de Paster all mit de Box, de he makt harr, in de Kark gung, — fudder kunn he dat up'n Dorpen nich bringen. He muß sik 'n annert Feld utsöken, wo he höger rup kamen kunn. He schreef na de Stadt, kreeg 'n Breef wedder, fahrde eenen Dag hen un harr de Sak in de Reeg. Mester Harms keek sik na 'n annern Gesellen um, un de Dag weer nich mehr wiet, wo Früderk af na de Stadt reisen muß.
„Wo heet de nee Gesell denn?“ frog Früderk is bi Tille an.
„Früderk Lücksen“, sä de.
„Ok Früderk? He ward sik woll Fidi nennen, dat schast sehn. Fidi Lücksen — un denn hett he säker scheewe Beenen.“
„Du kennst em ja garnich, wo kannst du dat seggen!“ schullt Tille.
„Dat heff ik so in't Geföhl“, sä Früderk, „dat markt 'n all an den Namen: Fidi Lücksen — Büxen — X-Been, — dat hört all tohop.“
He leet sik dar garnich von afbringen: de nee Gesell harr „Schrökelbeenen“, as he sä, un dar schull woll nich väl mit los wesen. He kunn dar garnich recht awer wegkamen, dat de dar up sinen Disch sitten schull un dat de nu mit Tille, — och wat, em gung dat niks mehr an, wat hier wurd. Von sintwegen kunnen se all maken wat se wullen!

De Dag weer dar, wo Früderk weg muß. Dat wurd em nu doch verdammt sur. Am leewsten harr he to Mester Harms seggt, he wull doch man noch blieben, bit he den Gemeendevorsteher 'n Bradenrock makt harr. Man nu weer ja allens afmakt, und dat weer ok god so. He muß hier weg, anners kunn Tille em doch noch in de Netten kriegen. Un he harr wat anners mit sik vor: 'n eegen Geschäft in de Stadt un 'n Schild buten an 'n Hus:

„Friedrich Baumann.
Elegante Herrenmoden. Anfertigung nach Maß.
Erstklassige Stoffe, tadelloser Sitz."

So schull dr dat hen, mit gollen Bokstaben up swarden Grund. Fidi Lücksen kunn hier for sintwegen Paster un Gemeendevorsteher besniedern, he kunn sintwegen Tille freen, den weer se von de Strat —! Früderk harr den Slips knutt, sin bestet Tüg antagen un sin bäten Krams, wat he harr, tohop bunnen. He weer hier klar, nu kunn't losgahn. Man eder he ut sine Kamer gung, nehm he noch den littjen Speegel von de Wand, schrappde dar achter krüz un quer Striepen in de rode Farf, dat man sik vörn knapp noch richtig kennen kunn und knurr fünsch: „So, Fidi Lücksen, nu seh to, wo du din Luspadd liek awern Kopp tagen krigst, un wo du di for Tille smuck maken wullt!"

Wenn een höger rup un to wat kamen will, denn möt he sin Hart nich eers lang um Rat fragen. Dat dee Früderk nu ja ok nich, man harr he sik noch eers solang in de Stuv rumdrucken höft, eder he den Dreih kreeg? Un harr he dat den Mester noch so to versäkern brukt, wo god he dat bi em harrt harr un dat he geern is wedder bi em inkieken wull? Un kiddelig in de Ogen weer he, as't leet, ok noch immer, anners harr he Tille doch ruhiger ankieken kunnt, as he är toleßt de

Hand geef, un harr sik nich so gau umdreiht un weer ut de Dör gahn. He harr sik nich mehr umkeeken un weer gahn un gahn, bit den Snieder sin Hus un dat ganze Dorp wiet achter em leegen.
So as Früderk dat seggt harr: Früderk Lücksen nennde sik Fidi, weer man 'n Spiddelwips un harr ok sowat von Schrökelbeenen an sik. He snackde, as wenn he dar for betahlt kreeg, un verkeek sik glieks den eersten Dag in Tille.
„Junge di", sä he, „dat harr ik nich dacht, dat hier so'n littje söte Deern in 'n Hus weer. Dat möt 'n rechten Dummsnut wesen hebben, de hier vor mi weggahn is."
„Dat weer 'n duchtigen Gesell un ward nu Tosnieder in 'n ganz grot Geschäft in de Stadt", fahr Tille em an.
Man anners gefullt är dat ganz god, dat Fidi sik de Ogen na är verdreihde. Denn mit Jan Wilkens weer dat all lang niks mehr, de freede na 'n Burndeern, un Willem Rüther weer ok nich de Rechte, de harr dat mit all Deerns un nehm kine. Sin Geschäft gung dar god bi, man mit so'n windigen Keerl wull Tille niks mehr to don hebben. Nich dat se nu all geern nog 'n Snieder nahmen harr! 'n Burnjung schull dat ok nu noch immer wesen, man se weer von tein Keuh all up fief dal gahn, — dar dee se dat nu ok all for!
To Wihnachten broch 'n Jung ut't Dorp, de ok in de Stadt weer, den Snieder 'n littjet Paket mit'n Breef von Früderk. Dat gung em god, schreef he, un he keem god fudder, un de Stadt gefullt em god. Wenn he sik dar recht up besinnen dee, denn harr de Snieder to Wihnachten immer so geern Fiegen un Nöt eeten, de kunn he hier in de Stadt billig kopen, un darum schickde he wecke mit, em Dank to weeten. Nu harr de Snieder noch sinlef kine Fiegen mucht, un Nöt eet he all darum nich, wiel em de immer in sine holen Kusen steeken bleben, man

Tille harr all so'n Krams bannig geern wegslickert. Dat harr Früderk noch woll weeten kunnt, man he harr in de Stadt saß anners wat in'n Kopp to nehmen, un von Tille stund in den Breef niks in. Blot unner in de Eck harr he noch henkleit: Gruß an Tille.

So gung de Tied fudder. Dat Vorjahr weer in't Land kamen un Pingsten stund vor de Dör. Früderk Bomann weer noch immer in de Stadt un harr sik noch nich wedder in't Dorp sehn laten. Mit dat eegen Geschäft un den eersten Tosnieder harr dat noch gode Weg', man anners harr he sik umkeeken un duchtig wat lehrt. He weer immer bannig fliedig un gunnde sik nich väl. Man nu to Pingsten, ja, nu wull he Mester Harms besöken. He harr em dat domals ja ok fast toseggt, — un wat een toseggt harr, dat muß he ok holen.

So'n bäten wunnerlich weer em doch tomot, as he den eersten Pingstdag morrns all ganz froh los tog. Wat de Lüd in'n Dorp woll sän, wenn he dar ganz verwagen up Pingsttour ankeem? He steeg twee Statschonen vor sin Dorp ut un gung to Fot. Anners harrn de Mester un Tille ja denken kunnt, he weer blot eegens är to sehn herfahren. Un denn wull he seggen, dat he noch fudder wull, he harr noch 'n olen Unkel eenerwegens in de Gegend wahnen.

Früderk treet duchtig ut. Wenn he dar so bi bleef, keem he rein to froh bi Mester Harms an. Dat leet denn ja, as wenn he dat nich mehr aftöben kunnt harr. He gung sinniger un keek sik is ornlich um. Wo grön dat Land doch weer, wo wiet man kieken kunn, un wo moj de roden Hüs' dar rin paßden. Un de Garns stunnen vull Blomen, un de Strük bleuhden. So weer he noch sinlef nich dör de Gegend gahn, immer harr he up wat los wullt un up wat to denken harrt, väl umkeeken harr he sik nich. Man muß'n woll eers solang achter de griesen

Muern in de Stadt seeten hebben, um de rechte Freude an all dat Gröne to kriegen. As he an den eersten bleuhnden Sireenjenbusch vorbi keem, dach he, dat ok so een achter Tille Harms är Finster stund.
Früderk bog von de Hauptstrat af. He wull dat leßte Stuck up den Diek langs gahn. De Lüd, de em bemöten, sän all frundlich goden Dag. Dat eerste Mal bleef em de Tung in'n Hals steeken: ja so, dat weer up'n Land ja so. In de Stadt kummer sik een nich um den annern, un Frunne harr he dar ebens nich. Nu keemen ok all Lüd, de em kennen, un all harrn se 'n frundlich Wurt for em. Harr em noch nums vergeeten? Dat weer ja, as wenn he, de kin Vadder un kin Mudder mehr harr un de all as Kind ut sine Heimat harr weg mußt, — as wenn he hier to Hus hörde.
Un wenn dat bit hierher all schön wesen weer, wurd dat nu up'n Diek noch schöner. Links keek he wiet awer dat gröne Land, un de Kark von dat Dorp reckde sik staatsch ut all de Hüs' rut. Of de Paster woll just in de Boxen, de he em sniedert harr, up de Kanzel stund? Rechterhand leeg de Butendieks, all hoch in Gras, un wiederhen de Werser mit witte Seils. Wo sik so'n littjet Reithdackhus achter den Diek kuschel un 'n paar grode Böm dar awer weg keeken, settde Früderk sik in't Gras. Un keek un keek immer noch, as wenn he allens to'n eerstenmal sehde. Man mit'n mal muß he rein vor sik hen lachen: wenn he sinen Vadder dat harr seggen kunnt, wat he all sehde an dissen Morrn, denn harr de säker seggt: „Junge, du heß woll'n Pingstbrill up!“ Dat harr he Wihnachten immer to Früderk sine littje Suster seggt, wenn de all wat von 'n Wihnachtsmann sehn hebben wull. „Och Deern!“ harr he denn seggt, „du heß woll all de Wihnachtsbrill up!“
Een sachten Wind ruschel in de Böm, bög Gras un Blomen,

blanke Wellen leepen awer dat Feld. Früderk keek un luster, streek sinnig awer de Halms hen. Warum meen de Minsch immer, he weer soväl mehr as Bom un Blom? Stunnen se nich all up äre Städ, wo Gott är henstellt harr un unner sinen Heben? Wussen un bleuhden un setten Samen an, un geben sik still an den Dod, wenn äre Tied kamen weer. Un de Minsch? De biester rum un quäl sik un wuß toleßt sulben nich mehr, wo he hen un her hörde.

Un wo hörde he, Früderk Bomann, hen? Wo weer sine Städ? Wo kunn he gluckelk wesen un sin Wark don?

As Früderk na'n gode Tied upstund un fudder gung, harr he den wieden un verlaren Blick von de, de dr deep in sik rin kiekt.

Un nu stund he vor den Snieder sin Hus. Harr dat ok 'n anner Gesicht kreegen? Dat keek em just so tru un frundlich an as de Lüd, de he unnerwegens bemöt't harr. „Süh, goden Dag, ol Jung, denn kumm man rin!“ Do nehm Früderk sinen Hot af, — un denn gung he na de Dör un druckde de Klink dal.

De eerste, de em in de Möt keem, weer Tille. Se bleef stahn un keek em an, as wenn se sik eers besinnen muß, wer dar vor är stund.

„Wat kiekst mi so an?“ frag Früderk un leet sine Ogen nich ut äre.

„As wenn du ganz anner Ogen kreegen heß“, wunner Tille sik.

„De sund eers von vermorrn“, sä Früderk.

Mester Harms freude sik, as he sinen olen Gesellen wedder sehde. Fidi dee dat minner, man he riskeerde glieks 'n grode Snut: „Sßo, du buß dat, de dat hier verlopen hett, wo so'n littje söte Deern in'n Hus is. Du buß dumm nog wesen!“

„Nu hol doch blot dinen Babbel“, fahr Tille em an.

Man Fidi wull sik so recht vor Früderk dick don un sä krott: „Wenn du dr mi 'n Söten up gifst, will ik swiegen!"
O, wat muß Tille sik argern. Se keek up Früderk: De sehde ut, as wenn 'n Bedröfnis awer sin Gesicht krapen weer. „Du wullst ja utgahn. Denn mak doch, dat du los kummst", sä Tille mit verknäpen Dullheit un schof Fidi ut de Dör.
Un denn muß Früderk vertellen, wo em dat in de Stadt gahn harr. Un denn fung he an to fragen. An allens dach he un allens wuß he noch. As wenn he dr so ganz mit tohörde. Harrn Jan un Willem sik woll eenmal so um Tille kummert? Un Fidi — o, wo harr se dat blot utholen kunnt, wat de är all for dummerhaftigen Kram seggt harr. Un denn bedankde Mester Harms sik for de Fiegen un Nöt to Wihnachten, un Tille wuß mit'n Mal ganz wiß, dat Früderk de blot for är schickt harr.
Den Namiddag gungen Früderk un Tille tohop ut. Mester Harms sä, he kennde den Diek un wull nich mit. Früderk weer still un sä nich väl. As Fidi Lücksen mit Tille sprunt harr, weer em infullen, wat he morrns unner de ruscheln Böm mit apen Ogen drömt harr. Man dat schull nu woll 'n Drom blieben möten, wiel he to lat keem. Un de ole Wedderhaarigkeit, de vordem, as he noch bi Mester Harms weer, em all immer vorsnackt harr, dat em doch niks an Tille leeg un dat se von sintwegen den Schrökelbeen geern freen kunn, kreeg wedder de Babenhand in em.
„Heß Fidi denn sinen Söten noch geben?" frog he babenhen.
Man dat weer just dat Slimmste, wat he Tille in dissen Ogenblick seggen kunn. „De kann wat anners kriegen, de utverschamte Keerl! Dar krigt awerhaupt kin Mannsminsch 'n Söten von mi!"

Früderk sin Gesicht klarde sik up. „Willt ji jo denn nich freen?"

„Den neelken Keerl, den Spiddelwips, den Snieder? Un ik will doch gar kinen Snieder, heff ik noch minlef nich wullt!" Tille wurd immer vergrellter, se vergeet ganz, wer dar vor är stund.

Harr Früderk dat nich hört von den Snieder? He sehde ganz gluckelk ut. „Nich? dat harr ik dacht!" lach he.

Tille reet an är Kleed un dreih sik af. „Wat kannst du blot ok noch lachen! — Un ik will minlef nich freen!" sä se dull, un de blanken Tranen leepen är awer de Backen.

Nu makde Früderk so'n irnsthaftig Gesicht, as wenn he är dat up'n Sticken to glöben dee. „Schad", sä he denn liesen, „ik harr di bannig geern harrt!"

As Früderk un Tille Hand in Hand na Hus keemen, bleben se buten 'n Ogenblick stahn. „Ja", sä Früderk, „dat is nu so. Wenn use Vadder mi hebben will, kann ik hier god blieben. Denn höft de groden Burn un Paster un Gemeendevorsteher är Sonndagstüg nich mehr in de Stadt maken laten. Un min Schild kann ik hier ok anbringen. Denn wenn dat ok just nich in de Stadt is, un jeden een sin eegen un besunnern Honnigpott hett — höger rup möt de Minsch!"

Korl un Minna

Korl Lunschen wahnde up diss' Sied den Diek, un wenn he de paar Trä bit an dat Schart gung oder baben up den Bön ut de Luk keek, kunn he den Butendieks un de Werser sehn. Minna Heerßen wahnde up gunt Sied den Diek un höfde blot ut dat Finster to kieken, wenn se Lunschens Dack un dat Water sehn wull. Korl Lunschen wahnde up de rechte Sied von dat Sieldeep un weer 'n Burnjung, Minna Heerßen wahnde up de linke Sied un weer 'n Stürupsehersdochter. Korl Lunschen harr glatte Haar un weer 'n groden Keerl, Minna Heerßen harr 'n Kruskopp un weer man littjet. Korl Lunschen fleutde väl un swemmde in de Werser as 'n Otter, Minna Heerßen sung un heelt dat mehr mit de Waschkumm. Man all dat dee dr niks an, dat se de besten Frun'n weeren all von de Kinnerjahren an, un wenn bi Lunschens 'n Koh kalwt oder Korl sin Schap veer Lammer smeeten harr, wuß Minna dat just so god as Korl dat to weeten kreeg, wenn Minnas Broder von See ut schreben harr oder Heerßens Zäg nich recht freeten wull. Dat eenfachste weer nu ja wesen, wenn se dit Sorgen een for den annern glieks for är ganzet Leben so bibeholen un sik freet harrn, man dat kann jedeneen licht seggen, de dar sulst niks fudder bi to don hett.

Wenn twee Minschen von Kind an un dör de ganze Scholtied immer tohop wesen sund, hört dar faken väl to, bit se dar achter kamt, dat se sik mehr sund as gode Frun'n un dichter tohop hangt as blot dör dat, wat se just tohop beleft hebbt. Un so weeren Minna un Korl dar ok binah nich mit trecht kamen.

Dat weer is 'n hellen Vorjahrsdag, dat Land wurd all grön, de Luft weer lomig un week. De Anten dukten in't Sieldeep, as wenn se de Porgen an de Beenen ut den Slick halen wullen, dat se dissen eersten warmen Dag abends noch glieks bequarken schullen. Lunschens harrn Besök von twee junge Deerns ut de Verwandtschupp, un Korl muß mit är rum in Hoff un Garn. Man up't leewste gungen se up den Diek längs un keeken na de Werser, wat dar woll for Schäp von Bremen dal keemen, un of de Torf- un Sandschippers in't Butenwater all är Deck rein schrubbt harrn. Minna seet achtert Finster, keek immer wedder na'n Diek rawer, un och, wo geern weer se dar mit bi wesen. Ja, wenn se so'n fiene Stadtsdeern wesen weer, denn schull Korl ok woll mit är up den Diek spazeern gahn. Man so — och, wenn se doch man een von de fienen Deerns dar achtern weer!

Den annern Dag, as 'n paar Frun'n von Minnas Broder, twee Schipper, up'n Butendieks rumflankeerden un mit Minna an't frundjen weern — „Nu kiek blot an", dach Korl un keek verdraten ut de Luk, „wenn ik dar man is eben mit bi wesen kunn." Ja, wenn he ok so'n Schipper weer, de dr in de Welt rum kummt, väl sutt un väl vertellen kann, denn wull he sik ok woll all teeren un dreihn. Man so weer he ja blot 'n dummen Burnjung!

„Ik schall nu bold freen", sä Korl is eenen Dag to Minna. „Vadder un Mudder hefft kin Mot mehr to de Buree un willt sik to Rauh setten. Nu schall ik mi 'n Fro söken. Dar weer ik nu bi littjen olt nog to. Lene Haas, dat weer 'n moje Deern, de paßde to mi, hefft de Olen seggt, dar schull ik man up afholn. Dat mag nu ok recht un god wesen, un verkehrt is de Deern säker nich — man ik weet nich, de to freen —."

„Och du leewe Tied", dach Minna, „wenn ik doch man so'n

Burndeern weer, wenn ik doch man in Lene Haas är Stä weer." „Ja", sä se denn nahsten to Korl, „mi geiht dat nich väl anners as di. Jan Dierks, de will mi to Fro hebben, dat hett he mi dör minen Broder weeten laten. Mudder seggt, ik schall tolangen, ik harr't nich so for't Griepen. Wer kunn weeten, of dar noch is wedder een bi mi ankloppen dee. Un de Jan, dat is 'n goden Jung. Eenmal hett he mi so'n Schipp in'n Buddel mitbrocht, wat he dar sulst rinmakt harr. Un dat leßte Mal, as he an Land weer, hett he mi'n sieden Dok mitbrocht ut Schina oder dar so rum. Man ik weet nich recht, so'n Schipper freen, de immer von Hus is — ik kann mi dar noch nich in finnen."

„Ja, Schäp in'n Buddel un sieden Dökers ut Schina", dach Korl un gung trorig na Hus, „dar kann ik nich mit. Un sowat, dat mögt de Deerns, denn sund se moj stellt! Ik kann är blot immer dicke Appels ut usen Garn tosteeken." Ja, wenn he 'n Schipper weer, denn wull he woll noch väl mehr mitbringen! Man de beiden muchen sik noch so faken in'n annert Fell wunschen, se wakden doch immer as Korl Lunschen un Minna Heerßen wedder up.

Wieldeß weer de Sommer in't Land kamen un dat wull all Harfst weerden. Dat weer an so'n recht warmen, stillen Septemberabend, as Korl un Minna buten tohop an't Sieldeep seeten. De Sunn weer unnergahn, dat schummerde all. Awer dat Land leeg 'n fienen blauen Dunst, de us toeers den Harfst föhlen lett, un de Rök von dat leßte Heu tog butendieks.

„Vadder hett sik 'n littjet Hus kofft in't Dorp", sä Korl, „wenn he sulst ok noch geern hier bleben weer, meen he, so wull he dat um Mudder nich länger. Solang de up'n Hoff is, lett se dat Arbeiten doch nich. Nu willt se dar Maidag hen tehn, un ik kann sehn, wo ik alleen klar weer."

„Wo wullt du dat denn maken“, frag Minna, „wenn nums for di sorgt?“

„Ja“, sä Korl, „wo dat gahn schall, weet ik ok nich, denn möt de grode Magd dat Eeten for mi up den Disch kriegen. Dat weer ok ja dat Slimmste noch nich, man so den ganzen Dag alleen to wesen un mit kinen Minschen sik recht besnacken könen, dat is up de Dur ja kin Tostand.“

„Un ik bun hier denn ok man nich mehr“, sä Minna trorig un benaut. „Jan Dierks hett schreben, he weer all up de Trurchreis', un wenn he keem, wull he geern fasten Bescheed von mi hebben. Un denn kunn to Vorjahr de Hochtied wesen, wi kunnen in dat Hus, wo sine Ollern wahnt, mit intrecken. Dat is in Bremerhaben. Ja, dat hett he schreben.“

„Bremerhaben!“ sä Korl un hal deep Aten, „dat kann'n von hier ja bold garnich mehr sehn.“

„Nä“, sä Minna un harr de Hand all bi de Schortentasch, wo 'n littjet buntet Snufdok rutkeek, „nä, un dar mag ik ok ganz säker nich wesen, dat weet ik nu all.“

„Un ik kann di denn ok nich trösten, ik sitt denn up diss' Sied de Werser un bun just so alleen.“

„Wo könt dine Olen di dar ok so vor sitten laten, dat geiht doch garnich“, sä Minna un dee, as wenn dat ganz un garnich to begriepen weer, dat'n Minsch sowat andan weerden kunn.

„De meent, denn kam ik dar up't eerste to, mi 'n Fro to nehmen. Nu möt ik woll, denkt se. Man Lene Haas — ik weet nich — dat will mi garnich in'n Kopp.“

„Mi geiht dat mit Jan Dierks nich anners. Mudder snackt ja immer los to, un he is säker 'n goden Jung. Man den to freen —.“

„Un ok annern Deerns, dar is kin een bi, wo ik woll Lust

up harr. Un wenn dar de rechte Leef nich bi is, ik meen, denn schull een dat Freen laten."

„Ja, dat dunkt mi ok. Mag ja wesen, dar kummt noch is anners een, den ik gräsig geern lieden much, man —."

„Man wat ik bun", sä Korl un steek de Hannen in de Taschen, „ik blief leddig. Bi de Freeree, dar kummt doch meers nich väl Gods bi rut."

„Dat wull ik just ok seggen", meende Minna, „ik glöf, ik lat dat ok man ganz na, — denn höf ik ok nich na Bremerhaben."

Se seeten 'n Tiedlang still bi'n anner un keeken stief vorut awer dat Sieldeep weg.

„Weglopen much ik un Schipper weerden", fung Korl wedder an, „denn kunn mi hier nums mehr wat willen. Un denn krigst du ok von mi'n Schipp in'n Buddel un'n Dok ut Schina."

„Och Korl", sä Minna un ruck dichter na em ran, „dat lat doch. Mine Olen lat't mi man nich von Hus, anners ik heff all dacht, ik wull bi'n Burn gahn un bi'n fixe Fro de Wirtschaft lehrn, denn kunn ik di naher den Husholt föhren."

„Wo 'n nich all up kummt, wenn een dat so klaterig geiht as us beiden. Man so von Hus un Hoff gahn un garnich mehr hier achtern Diek sitten könen, — dat is ok nich so licht."

„Nä, dat is't nich", sä Minna un är Stimm fung all an to bebern.

„Ja, Minna", meen Korl nu, un dat klung so recht bedröft, „de beste Tied hefft wi beiden woll harrt. Schön weer dat doch, wenn wi tohop den Siel dal na de Werser schippern deen oder abends tohop an'n Diek seeten. De beste Tied hefft wi harrt. Denn dat schall us woll all niks helpen, dat Leben is nu mal so: du nimmst dinen Jan Dierks un ik —", he slog so recht minnachtig mit de Hand dör de Luft un leet se swar up sin

Knee fallen. „Wat nu kummt, dar geef ik niks mehr vor, dat is all wat for de Katt!“ Un denn keek he wedder stief vorut.

Man do hörde he gegen sik wat snuckern: Minna harr är buntet Snufdok ut de Tasch rutkreegen un fung ganz gräsig an to weenen. Korl wuß nich, wat he dar bi maken schull, he harr ja meers sulst mitblarren mucht.

„Nu ween doch man nich so“, sä he un legg sinen Arm ganz sacht um äre Schullern. Man dar weer kin Holen mehr, se snucker immerlos to.

„Ja, wi sund dr slimm an, wi beiden“, keem Korl nu bi un streek är awer dat Haar. Och, wo moj week dat weer, dat harr he ja garnich wußt, un he strak dar immer noch mal wedder awer hen.

„Wi möt sehn, wo wi dar dör kamt“, un Korl legg nu ok den annern Arm um är to, „dat Leben is nu mal so bedröft. Kumm, min Deern, nu nimm den Kopp man is wedder hoch.“

Man Minna bög den Kopp noch deeper dal un kuschel sik an em ran. Wo week un warm de littje Minna doch weer, so harr he är noch sinlef nich to faten harrt. Em wurd ganz eegen to Mot un sin Hart fung an to kloppen. He wuß sulst nich, warum, man em schiende nu allens garnich mehr so slimm to wesen as dat eben noch leet.

He nehm är den Kopp hoch. „Nu ween doch nich mehr so, dat kann ja kin Minsch mit ansehn. Kiek is, wat di de Tranen awer de Backen lopt“, un ganz sinnig keem he dar ran un kußde är de weg. Un wiel dat ganz god gahn harr, versochde he dat ok up de anner Sied. Un nu em vorkeem, dat hulp, un Minna weer nich so bedröft mehr, wat kunn he anners don, as är immer bäter trösten? Un so geef he är denn ’n Söten to middewegs up äre littje Snut. Un wiel em de noch väl bäter smecken dee as de tranensolten up de Back un ok schiens noch bäter hulp, geef he är noch eenen un noch eenen un noch eenen — — —.

„Junge di", sä Korl, as se nahsten upstunnen un Hand in Hand na Hus gungen, „dat harr ik nich dacht. Dat harr ik mi in'n Drom nich drömen laten, dat man von sowat, as hier eben, klok ward."

„Klok ward?" wunner Minna sik.

„Ja, klok ward", sä Korl. „Denn nu weet ik mit'n Mal, wo ik mi Maidag helpen will. Nu weet ik, wat Jan Dierks for 'n Bescheed krigt un dat du nich na Bremerhaben höfst. Nu weet ik, dat wi alle beide nich leddig blieft, un dat wi de beste Tied nich achter us, nä, dat wi de vor us hefft!"

„Ja", sä Minna un griende em knäpsch an, „denn will ik mi dat ok man begeben, dat ik kin Schipp in'n Buddel un kin Dok ut Schina von di krieg!"

Dat Osterfür

„Nu bun ik an de Reeg“, sä Klaus Thien, tog sine slechtste Jack an un gung in't Dorp. Dar fleutde un schreede he solang wat rum, bit he sine Mackers tohop harr. Se wullen to dat Osterfür sammeln, dat wurd Tied. Un dat se glieks sehden, wat he, as är Hauptmacker dit Jahr, for 'n Keerl weer: he harr all twee Teertunnen un 'n Masse Strük fast an Hand: von Bur Addicks, von sinen Vadder un von sine Grotmudder in Strohsen. Un dat weer noch dat Beste, dat de denn de Strohsers ut de Näs' gungen. De Strohsers, de as Nabers de Hartwarders immer so geern vorbi kamen wullen. Schullen de sik argern!

Un denn togen se los, Hus bi Hus, jeden 'n groden Bakel in de Hand. Vorne bi de Dör bleben se stahn un denn gung dat, wat dr man rut wull:

„Wi sammelt to dat Osterfür
De olen Teertunn'n sund so dür.
Willt se 'n bäten geben,
Schöllt se de Freude mitbeleben.

Ostern, Ostern kumm heran,
Hett de Dochter noch kin'n Mann,
Wunsch är 'n goden Buersmann,
De dat Brot verdeenen kann.

Hebbt se Höhner swart un witt,
Eier nehmt wi ok noch mit.

Hebbt se Höhner swart un gäl,
Eier krigt wi nich toväl.

Riem, Riem, Riem,
Speck unner 'n Wiem.
Eier in dat Nest — Nest
Smeckt up't allerbest — best.

Mudder krieg de Gaffel her,
Lang us eene Mettwust her.
Een is niks, twee is wat,
Dree, denn gaht't wi use Padd.

Lat us nich to lange stahn,
Denn wi möt't noch fudder gahn,
Möt't noch ganz na 't Moor henup,
Dar giff't wecke mit de Ballastschupp."

De Lüd in'n Hus, wenn se är nich harrn ankamen sehn, schoten in'n Dutt tohop un keemen gau anlopen, är 'n paar Pennings oder 'n paar Eier oder anners wat to geben, — wiel se Angst harrn, dat de Kalk woll von de Wannen fallen kunn.

„Danke, danke für die Gaben,
Die wir hier empfangen haben",

sän se denn, un wenn dat niks lohnt harr, denn schulln se:

„Adjü, Adjü, Adjü!
Wat sund ji for slechte Lü'."

So gung dat Dag for Dag, bit se allerwegens 'n bäten wat kreegen harrn, bit dar kin Struk, kin ole Dann, kin Buschbom af Kohlstrunk weer, den Klaus Thien nich ton Afhalen upschreben harr, bit dar in de ganze Umgegend nich eene leddige Teertunn weer, de se sik nich säkert harrn.
Kunnen se sik dar noch väl bi um de Schol quälen? Wenn de Scholmesters verstännige Minschen wesen weern, harrn se dat insehn mußt. Man so kunnen se sehn, wo se mit är dör de Tied keemen. Jeden Namiddag wurd dr een von de Jungens, de 'n wat anslägschen Kopp harr, afkummandeert, de Reekenupgaben oder wat dat anners geef, to maken un se up 'n paar Blatt Papier to schrieben, de unner de Mackers verdeelt wurden. Dat smärden se abends noch gau eben af. Jeden weer anhol'n, dar eenen oder twee Fehlers rin to maken, un disse Fehlers, ja, de muß jeden na sine besunnere Art un Dummheit dar rin setten, — denn markde de Scholmester niks!
As se allerwegens wesen weern, un ok de Sted, wo dat Osterfür stahn schull, utmakt weer, gung dat eers recht an de Arbeit. Nu muß all dat Krams anfahren weerden. Klaus Thien gung na sine Grotmudder un sä är, den annern Dag wulln se de Strük halen. Man de Strohsers harrn dar lang un vull Arger Wet von kreegen, dat all de mojen Strük ut är Gebeet rut un na de Hartwarders schulln. As Klaus sine Grotmudder nu is ut dat Finster keek, stunnen dar soß Strohser Jungens, all 'n groden Bakel in de Hand.
Grotmudders Katrin, so'n rechten olen Püster, de dr vor niks un nums bang wurd, gung an't Finster.
„Wat willt ji hier?"
„Klaus Thien schall de Strük nich hebben", sän de Jungens.
„Hebbt ji dat to seggen?"
„Joe Strük hört na dat Strohser Osterfür."

„Un darum staht ji hier?“
„Lat em man rut kamen, denn willt wi all mit em klar weerden“ — un se rögden äre Bakels.
„Junge, Junge, wat möt't ji noch 'n Pietsch hebben, wenn noch mal wat Ornlichs ut jo weerden schall“, sä Katrin un smeet dat Finster to. Man as se wedder in Sicht keem, weer dat in de Husdör un mit'n Bessen in de Hand. Do troden de Jungs dat nich mehr un kneepen ut. Mit Katrin weer nich to spaßen, dat wussen se, de makde nich eers lang Lackermentjes, de haude glieks to.
So weer de Krieg twuschen de Hartwarder un Strohser Jungens denn utbraken. So Art „Erbfeinde“ weern se all immer wesen, man nu harrn se ja so recht wat, wo se um strieden kunnen: de Strük von Klaus sine Grotmudder. Un harr dr dat all Jahr Hau bi geben, wat weer dar väl bi, dat dr dit Jahr noch 'n Lag' mehr bi affullt?
Man anners keem allens god trecht: de Strük weern bihalt, — as de von Klaus sine Grotmudder halt wurden, weer Katrin gegen den Wagen hergahn! — dat Osterfür weer upbot un binnen de Höhl mit Stroh utleggt. De Pahls mit de Teertunnen vull Stroh stunnen hoch un lurden blot up dat Ansticken, dat Fürwark leeg bi Klaus Thien up't Schapp, de grode Koken weer bi den Bäcker un dat Brunbeer bi den Kröger bestellt. Dat weer den Sunnabend vor Ostern un de leßte Dag, morgen gung't los. De Jungens harrn Ferien un weern nich eene Stunn mehr bi't Osterfür wegtoslan.
Klaus Thien treet um dat Osterfür rum. He weer tofrän, so grot harr he noch kin mitbeleft. Dat weer ok god upbot: unnen de drögen Strük, dar awer de Dannen, de so moj smullden, un baben dat natte Kram, dat kunn denn noch drögen, wenn dat unnen all brennde. „Un wo de Wind ok weihn mag“, sä

Klaus, „wi könt up jede Sied licht Stroh anleggen. Upsticken do ik't, versteiht sik!"

Fidi Bruns treet dat littje Smorfür ut, wat dr jeden Namiddag upstickt wurd, wieldeß Willi Pieper all de smorten Katuffeln un Eier na de Höhl rin drog. Un denn kropen all Jungens achterna un dat Vespern kunn losgahn. Jeden kreeg een Ei un dree gnäterswarde Katuffeln. Junge di, dat weer wat! Kunn dat up de ganze Welt woll wat geben, wat bäter harr smecken kunnt as dit Eeten, wat se sik sulst tohop snurrt un trechmakt harrn un dat in' Quarteer, wat se sik sulst bot harrn? Un denn kreeg Klaus Thien 'n ole Piep her, stoppde se mit väl Bedacht vull Toback, stickde se up un paffde 'n paar Tög deftig in de Luft. Un denn gung se de Reeg rund, un jeden muß dar dree Tög ut don.

„Mackers!" sä Klaus Thien, streek sik mit de Hand awer de Snut, freef dat Swarde von de Katuffeln na beide Sieden hen un sehde ut as 'n Röverhauptmann mit'n swarden Bart. „Mackers!" sä he un nehm de Stimm 'n Ton deeper, „bit sowiet hen hebbt wi ja allens moj vor 'n anner kreegen. Man de Minschen in'n Ganzen dögt niks un de Strohsers noch väl minner. Un bit morgen abend is noch 'n Masse Tied, un dar kann noch väl passeern!"

Do streeken sik all Jungens dat Swarde um de Snut, keeken mit irnsthaftige Gesichters in'n Kring un sän: „Klaus hett recht, de Strohsers sund leeg, ganz leeg. Un uppassen möt't wi!"

„Ja", sä Klaus Thien, „dat möt't wi. Un darum meen ik, wi möt't dar vunnacht bi waken, bi use Osterfür. Disse Tied hebbt wi dat blot namiddags un abends dan. Man de leßte Nacht is dat up't nödigste."

„Nu kummt dr dat up an!" sä Willi Pieper, un de Annern knurrden.

„Um Klock nägen bun ik wedder hier", slog Klaus Thien vor, „wer will mit mi waken? Wenn wi mit 'n paar sund, könt wi us aflösen."

„Ik wull woll", sä Korl Meinen, „man ik slap mit minen littjen Broder tohop, un de plifft."

„Blief du man leewer to Hus", sä Klaus, „du heß doch Angst in de Büx."

„Ik slap bi mine Olen, un de lat't mi nich", sä Beernd Otholt un sehde rein bedröft ut, so geern harr he mitmakt.

Toleßt weer afmakt: Klaus Thien, Fidi Bruns un Willi Pieper schullen waken. Um Klock nägen wullen se dar wesen, bit solang kunn Beernd Otholt uppassen.

Man dat schull anners kamen, as de Jungs sik dat dacht harrn. Fidi Bruns keem na Hus, smeet de Mutz up de Kummode un sä to sine Mudder, de all achtern Disch seet: „Ik will gau wat eeten. Un denn smär mi man 'n paar Snän Brot to 'n Mitnehmen, ik möt vunnacht waken!"

„Waken?" sä Mudder Bruns un keek em fragwies' an, „wecke Mutt hett dr denn Farken kreegen?"

„Bi use Osterfür", sä Fidi krott, „wie möt't vunnacht bi use Osterfür waken."

„Dumm Tüg, dar ward niks von."

„Ja, ja, Mudder, dat möt't wi, dat dar niks passeert."

„Ji sund woll rein unklok", schaffuder Mudder Bruns nu awer los, „bi de natte Grund un de kole Luft — kannst di up'n Dod bi verkullen. Na'n Bett kummst du."

„Dat is awer doch so beslaten", fung Fidi ganz benaut wedder an.

„Beslaten", sä Mudder Bruns fünsch, „beslaten is, dat du wecke vor'n Steert krigst, wenn du nich glieks na'n Bett hen geihst!"

Fidi kunn niks maken, dat weer „höhere Gewalt“. He krop beknäpen in't Bett un dach dar mit deepe Bedröfnis awer na, wat Ollern doch so garnich begriepen kunnen, wat dr in'n Leben nödig is, un warum dat doch so inricht weer, dat se soväl to seggen harrn.

Willi Pieper fung dat anners an. He weer so leef un moj, as he blot weer, wenn he wat utfreeten harr oder up wat spiekeleern dee. He keek all Ogenblick na de Klock un sä bi Klock acht all, dat he man na'n Bett gahn wull.

„Fehlt di wat? Buß nich god, min Jung?“ sä sine Mudder, un Vadder Pieper keek achter sin Keesblatt weg.

Willi schof af na de Kamer.

„Wat hett he blot?“ sä Mudder Pieper un lusterde em na. Man dar weer niks to hörn, nich dat he de Schoh na de Grund smeet, un nich dat he in't Bett fullt. Man na 'n littje tein Minuten hörden se mit'n Mal den Finsterhaken klappern. Do sprung Vadder Pieper up un keem noch just to Tied, dat he sinen Willi, de all meers to dat Finster rut weer, bi de Büx faten kunn.

Klaus Thien wuß bäter, wo dat makt weerden muß. He weer just so as anners ok, hojahnde bi Klock half nägen duchtig, bit he na'n Bett schickt wurd, rackelde mit Waschkumm, Stohl un Schoh, smeet sik in't Bett, dat de Sprungfeddern brummden, — un as sine Olen ok bold in äre Kamer gungen, weer he rups to't Finster rut un hen na dat Osterfür.

„Sund dr de annern beiden noch nich? Na, denn kamt se saß glieks“, sä he to Beernd Otholt un schickde den na Hus.

Klaus weer alleen. He treet eers noch mal um dat Osterfür to un bekeek dat von all' Kanten. Ja, dat weer 'n staatschen Kram. Dat schull 'n Für weerden morgen abend! He fatde noch mal an de Pahls von de Teertunnen, he probeerde, of de

Stock for de Raketen ok fast stund, — allens best. He krop in de Höhl, wat sine beiden Mackers dar nich all in leegen, nä, dar weer nums. He lur un luster na den grönen Weg hen, wo se herkamen mussen, — de Klock von'n Karktorn slog half tein, — nu keemen se säker nich mehr. Denn muß he alleen waken. So weer dat woll in'n Leben: for allens muß man sulben upkamen un sik nich up anner verlaten.

Klaus knöpde sine Jack to, nehm den Bakel fast in de Hand un gung up un af. As 'n Suldat, dach he, he wull, wenn he grot weer, 'n fixen Suldat weerden.

De Klock von'n Karktorn slog tein, se slog half ölben. Klaus lehnde sik an eenen von de olen Weidenböm, de an den grönen Weg stunnen, un keek in'n Heben. De Mand harr sik just achter de Wulken verkrapen. Do hörde he wen kamen, hörde snacken. Wer kunn dat wesen? Nu hörde he all bäter, un Angst schot em dör't Lief: de dar keem, dat weer Heini Bielefeld ut Strohsen mit den groden Früderk Meier, de in anner Jahren de Hauptmacker von de Strohsers wesen weer un nu eenerwegens bi 'n Smidt in de Lehr gung.

„Dar steiht't", sä Heini Bielefeld.

„Wi makt dat so", fung Früderk Meier nu an, „wi halt us eers de Strük, de us tokamt, — un noch wat mehr, versteiht sik!" un dar lach he so recht fünsch bi, — „un denn stickt wi't up. De Höhl kiekt na Süden, de Wind is Südwest, wenn wi dat Stroh up de rechte Sied upstickt, denn brennt blot de Ostensied dal. De Dannen un dat natte Krams in de Midde sackt na, de Wind hett kin Hal mehr achter dat Für, — denn blift dat Osterfür half stahn, un nums kummt dar achter, dat't upstickt is. Denn is dat de Piep wesen, de se in't Stroh smökt hefft, as du hört heß."

Klaus Thien slog dat Hart baben an'n Hals, — nu muß he dar twuschen springen.

„Kamt de annern Beiden woll bold mit ären Wagen?" sä Früderk Meier un keek sik um. „Denn könt wi upladen."

„Dat dot ji nich!" Klaus sprung achter sinen Bom weg, sine Stimm weer heesch. „Dat dot ji nich, dar paß ik for up!" Man eder he sik dat vermoden weer, harr Früderk Meier em to faten, un so dull he sik ok wehrde, gegen den groden Keerl kunn he nich an. Dat durde nich solang, do leeg he an de Grund un kunn sik nich rögen.

„Du seggst dar kinen Minschen wat von, wat du hier hört heß, anners geiht di dat slecht, Klaus Thien, ganz slecht. Brun un blau slan do ik di so faken as ik di to faten kriegen kann."

„Lat mi los!" stöhnde Klaus un hiemde ut benaute Bost.

„Verspreekst du, dat du niks seggen wullt?" draude de Anner.

Klaus probeerde nochmal mit all' Kraft, of he nich loskamen kunn — vergefs. „Ik segg niks", sä he un begreef sik allens. Do leet Früderk Meier em los. „'n Hund, de dr nich holt, wat he toseggt hett. Un nu mak, dat du na Hus kummst!"

Klaus sprung awern Graben un leep in't Düster. De beiden Strohsers gungen den Weg trurch, woll de annern in de Möt. Klaus hörde äre Stimmen von feerns. Do bleef he stahn. Wat schull he maken? He harr't verspraken un druff niks seggen. Un gegen Früderk Meier kunn he nich an.

De Hartwarders harrn dat Spill verlaren, wiel se nich up'n Posten wesen weern. Allens vergefs, all Meut, all Freude. Klaus leet den Kopp hangen, em weer dottrorig to Mot. Verlaren! dach he blot, verlaren —!

Man schullen de Strohsers sik sine Strük halen? Schullen de 'n grodet Osterfür hebben, un he kunn morgen an so 'n littjen ansmorten un tohopsackten Bulten stahn? Dat dee he nich, nä, dat dee he nich. Leewer niks!

Klaus leep wedder na sin Osterfür. He reet 'n Arm vull Stroh ut de Midde, steek den unner de drögen Strük up de Windsied, greep in de Tasch un leet sik in de Knee fallen.

'n Ogenblick later luchde 'n Flamm up. De Wind pus'de rin, un as he mark, de Flamm sprung von sinen Aten hoch up, kreeg he Lust un weihde un hulde so lang dör de drögen Strük, bit allens een Für weer.

Klaus stund up't Feld in de swarde Nacht un keek na sin Osterfür. Dat Für flackerde un luchde hell up. „Wo schön!" dach Klaus un sehde, wo de Flammen sik hoch reckden, in jede Sekunn anners as in de vorige. Wat Lebendigs weer dat, wat sin eegen Leben kreegen harr un wo he, de littje Minsch, nu kine Macht mehr awer harr. Un wieldeß em de blanken Tranen awer de Backen leepen, gungen väl irnste Gedanken dör sinen Sinn, so as he anners noch kine dacht harr. Wenn he dat ok noch nich recht verstund — he föhlde doch, dat he dissen Dag ton eerstenmal dat Leben recht gegenawer stahn harr, ahn dat Ollernhannen em harrn helpen un bewahren kunnt. As wenn em wat up de Schullern leggt weer, so stur un swar stund he dar. „Min Osterfür" dach he noch eenmal, slog de Arms awer 'n anner un stund dar as Napoljum vor dat brennende Moskau.

As dat Für anfung dal to sacken, gung Klaus na Hus. „So, Strohsers, nu halt jo de Strük", sä he lut un freude sik, dat he är doch noch awerdüwelt harr. He dach nich an morgen, — em weer dat Hart väl to vull von vundagen.

Man as he in't Bett krop un sik de Dek bit an de Ohren tog: „Tokumm Jahr Ostern" dach he do, „tokumm Jahr schall dr bäter uppaßt weerden. Un tokumm Jahr schall dat noch gröter weerden, — denn will Grotmudder ären ganzen Hagen unnen afsnien, un bi Piepers schöllt de olen Dannen achtern Hus weg, un Bur Meinen hett seggt, tokumm Jahr weer sine Teertunn ok leddig — —." Klaus sleep in. „Tokumm Jahr —" weer dat Leßte, wat he dacht harr.

Mit Schinken un Wust bi Hindenborg

As Hindenborg 1921 in Ollnborg weer un dar rein nich gegen an kunn, soväl weer dar los, stunnen eenen Dag mit'n Mal Ammerländer Jungs un Deerns in äre ole Dracht vor sin Quarteer, un een ut de Reeg treet vor un fung ahn väl Fisematenten an:

„God'n Dag! Bi so'n Puhä as hier vundagen,
Dar krigt 'n faken niks Rejells for'n Magen.
Do hebbt wi dacht, dat is us schullig Plicht,
Dat Vadder Hindenborg ok wat to eeten krigt."

So gung dat noch 'n littjen Strämel fudder, un dat dicke En'n keem achterna: Hindenborg kreeg 'n schönen Ammerländer Schinken. Den kreeg he siet de Tied all Jahr to sinen Geburtsdag, un dar noch 'n Wust un 'n Bund fette Smortaal to, — wenn se jichtens to griepen wesen weern. Dar fahrde allmal 'n littjet halwet Dutzend Twuschenahners in Dracht mit los, — dat allens god henkeem. Se sän dar ok immer 'n plattdütschen Vers bi up, un wenn Hindenborg man noch 'n bäten an'n Leben bleben weer, harr he noch schier Plattdütsch snacken lehrt.

De Hauptmacker von dat Ammerländer Buernhus an'n Twuschenahner See un von de Schinkenfahrten weer Hein Sandsted. De fahrde all Mal mit un wuß mit allens Bescheed. As de Reis na Hindenborg is wedder los gahn schull, schreef he mi, ditmal schull ik mit, un ik muß glieks herkamen un de Kleedaschen anpassen. Ik muß ok in Dracht wesen: mit'n stief linnen Kleed, wat mi bit up de Hacken gung, mit dicke wittwullen Strump, 'n bunte Schort un 'n sieden Dok, un mit'n littje Huv up'n Kopp mit gollen Striepen un breede Bänners.

Hindenborg harr schreben, dat weer bäter, wi keemen nich just an sinen Geburtsdag, denn harr he anners toväl um de Ohren. Wi schulln man 'n paar Wäken later 'n littjet Fröhstück bi em vertehrn. Hein Sandsted sä: na use Mat weer dat 'n utwussen Middageeten, un bi de Ssopp geef dat meers Sherry, bi den Fisch 'n Glas Mosel un bi den Braen ok kinen slechten Wien. „Och du leewe Tied", sä ik, „wenn dat man god geiht. Ik drink so geern 'n goden Druppen un weer di denn so kregel, — bi de drudde Surt Wien schall mi de Mutz woll all in'n Nacken sitten. Ik heff ja kinen Tüt, wo se sik up holen deit."

'n Dag vordem dat wi inladen weern, fahrden wi hen na Berlin. Den annern Morgen wulln wi us in dat Gasthus drapen, wo 'n paar von us wahnen deen, — wi weern twee Fronslüd un dree Mannsminschen. Hein Sandsted harr seggt: „For dat Hetzen bun ik nich. Um Klock een sund wi bestellt, denn lat us um Klock ölben tohop kamen." Na, dat deen wi denn ok, all fief schier in Wichs. Hein Sandsted sä us noch, wo wi us to verholn harrn: „Von Krieg un Politik ward dar nich snackt. Un anners höft Ji man so to wesen, as Ji sund. Blot kin'n Apenkram!"

As wi vor dat Reichspräsidenten-Palais ankeemen, stunnen dar allerhand Lüd, — de stunnen dar ja woll all Dag un lurn, wat Hindenborg nich is 'n Trä vor de Dör gung. Us keeken se an, as wenn se seggen wulln: „Wat willt Ji hier?" Man as wi slankweg to dat Dor rinstürden, mit use Schinken un Wust un Aal unnern Arm, as wenn wi dar hen hörden, do harrn se woll sulben geern in use Fell un moje Packje steeken mucht.

Binnen in kreeg us de Haushofmeister glieks to faten. De harr 'n swarden Stock mit'n sulwern Knop in de Hand, un 'n Dreespitz, as wenn he 'n Admiral weer. Man anners paß he god to us: harr ok korte Boxen an! Blot dat sine swartsieden weern un de von use Mannslüd blauwullen. He wies us up so'n Plan, wo jeden bi Disch sinen Platz hebben schull. Ik sehde, dat ik bi Hindenborg seet un freude mi recht in min Hart rin. Man ik leet mi niks marken, nä, denn so'n Hus- un Hoffmeister is'n bannig fienen Mann, un dar möt een sik na to benehmen weeten!

As wi in de rechte Döns rinlaten weern, keem de junge Hindenborg mit sine Fro un sine beiden littjen Dochters un begröten us. Un denn keem Vadder Hindenborg sulben, in Generalsuniform, grot un risch un mit sin irnstet, godet Gesicht. He freu sik, as he us sehde, un leet sik von Hein Sandsted verteIln, wer wi weern, un geef us alle de Hand. Mi kennde he noch von sinen Besök in Twuschenahn her, un ik högde mi un dach: dat is doch god, wenn een sine olen Bekannten nich vergeeten deit!

Hindenborg frag, wo dat denn in'n Ammerland utsehn dee. „God", sä Hein Sandsted, dat gung us dar noch god. Do freu Hindenborg sik un meen: all Minschen harrn immer soväl to klagen, denn weer dat doch schön, wenn dar ok noch is Lüd keemen, de sän, dat gung är god. Na, wi weern ok ja nich kamen, um to klagen, wi wulln ja niks as den Olen 'n Freude maken. Dat wuß Vadder Hindenborg ok woll, un as de plattdütsche Vers upseggt weer, bekeek he sik Schinken, Wust un Aal, harr dar sin hellt Pläseer an un slok all mal vergefs dal, as he dar an dach, wo god em de smecken schullen.

Wi gungen denn in de grode Stuv nebenan. Dar weer 'n General mit noch twee Mannslüd, de harrn Hindenborg de

Regimentsgeschicht von de 91er brocht. As wi so dör 'n anner stunnen un 'n bäten pratjeden, do stott de Hushoffmeister mit sinen swarden Stock mal ornlich up'n Fotbodden. „Paß up", dach ik, „dat hett wat to bedüden", un sett all eenen Fot vör, dat ik man jo nich to lat keem, wenn dat nu hen na Disch gung! Man dar rög sik nums. Vadder Hindenborg muß awer doch Bescheed weeten, he keem up mi to, snack mit mi, un as de swarde Stock noch mal klopp, bög he sik so'n bäten na mi dal, geef mi sinen Arm un sä: „Darf ich bitten?" Un ik schof minen Arm in sinen, un denn gungen wi tohop los, dör de grode Stuv, 'n Gang lang un na den Eetsaal rin. Ik weet nich mehr, wat ik dacht heff, ik weet ok nich, wo dat utsehn hett: de grode irnste Hindenborg in sine graue Generalsuniform un ik dar neben in mine bunte Dracht un mit luchten Ogen. Ik heelt mi risch un gung mit em in eenen Trä, — man ik will minlef nich vergeeten, wo schön dat for mi weer, so mit em to gahn.

An jeden Sied von den groden Eetdisch stunnen dree Lakain, moj in eene Reg. As Hindenborg un ik up de Midde von de eene Sied los stürden, reeten se use Stöhl wiet trurch. Ik verjag mi rein, leet mi awer von Hindenborg an den Disch ran föhrn. Ja, un nu keem de eenzige richtig „kritische" Ogenblick, denn: sett di man dal, wenn nich weeß, wat du di up de Keerls verlaten kannst un se di den Stohl to Tied — un recht to Paß for dinen Achtersteven — trecht schaben hefft. Wat harr dat afgeben schullt, wenn ik mi to froh harr dal sett't un weer achteröver fulln, Arms un Beenen in de Luft! Hindenborg sett sik geruhig dal. Man ik dee so, as wenn ik minen Rock glatt strieken muß, un föhl dar so eben bi an'n Stohl längs. Ja, he weer dr, un ik sett mi dal. Un dar mögt Ji nu awer lachen soväl as Ji willt — ik segg: säker is säker!

As all up ären Stohl kamen weern, gung dat Eeten los. Eers

geef dat Ssopp, in schöne grode Tassen. Dar fangst denn eers so'n bäten schuchtern bi an to löpeln. Buß dat ja nich wöhnt, an de Reichspräsidententafel to eeten. Man denn gung mi dat as den Mecklenborger Bur, von den Fritz Reuter vertellt. De harr sik in de Stadt 'n Tass' Koffi geben laten. Dat dar 'n Löpel bi leeg, kenn he nich, un meen, dat weer woll fien un Stadtsmod, Koffi mit'n Löpel to eeten. Man bold weer em dat langwielig, he keek gau mal um sik to, wat dat ok nums sehn dee, un sä bi sik: „Och wat, ik sup eenmal!" Un so mak ik dat ok.

Na dem geef dat „Seezungenschnitten nach des Hauses Art", so stund dat up'n Kart, de bi jeden Teller leeg. Dat wullt di marken, dach ik. Wenn man dr bischrift „Nach des Hauses Art", is dat immer in de Reeg, un wenn man noch so ahneweeten kakt hett. Een von de Deeners sä an min Ohr: „Rot oder Weiß?" „Weiß", sä ik, un dat recht so'n bäten minnachtig. To'n Fisch hört doch Wittwien, — heff ik so lehrt!

Bi'n Braen geef dat 'n goldgälen swaren Rheinwien. Krigst nich all Dag, dach ik, un leet dar ok kinen Druppen von över. Hindenborg smeck Eeten und Drinken ok god. Man he vergeet darum doch nich, sik wat mit us to vertelln. He frag mi na Bremen, dit un dat, un frag de Deern up sin anner Sied na Hannover, wo de just herkeem. „Ich würde so gern mal wieder nach Hannover kommen und alles wiedersehn, wo ich gewohnt habe, an der Eilenriede", hör ik em seggen, „aber ich kann mich ja nirgends unbehelligt blicken lassen." Un mi vertell he von sine leßte Moselreis', wo dat so bi regent harr. „Aber die guten Leute stehn ja immer da", sä he in sine eenfache Art, de sik dar schiens immer nich an wöhnen kunn, dat soväl Wes'wark von em makt wurd. Man an de paar Fötjen besten Wien, de em dar an de Mosel schenkt weern,

dar dach he geern an. Un denn keemen wi, ik weet nich von wat her, up Paris to snacken, wo ik mal wesen bun. Do vertell Hindenborg mi, wo he 1871 als jungen Leutnant mit in Paris intagen is, hoch to Perd, dör den Triumpfbagen un denn de Champs Elysées hendal. Ornlich lebennig wurd he dar bi.
Na den Braen keem so'n littjen Isbarg bi mi anschippert. As Hindenborg sine Dischdam kreeg ik immer toeers wat un muß de schönen Schoddeln ansteeken. Man ik bun ja gottloff nich bang un bun ok den Isbarg — Eisbombe seggt de Hochdütsche — ganz god bikamen. De Kaiser fröher, — is mi vertellt wurden, — kreeg bi't Eeten immer toeers, un wenn he sinen Löpel oder sine Gabel henlegg, wurrn all Tellers wegnahmen, eenerlei wat de annern an'n Disch ok klar weern oder nich. Bi Hindenborg kunn man sik in Rauh satt eeten. Un as de Sekt in use Glös spritz, do nehm Hindenborg sin Glas un begröt us nochmal mit'n paar hartlige Wör un drunk up dat Ammerland un de Ammerländers!
Hindenborg snack geern mit den General, de em gegenöwer seet. De beiden harrn sik fröher all kennt un vertelln von ole Tieden. Un denn lach Hindenborg ok is mal so recht deep ut sik rut. Ja, so lach he, so harrn wi em all hört, as he domals in Twuschenahn weer un em in't Buernhus an't Herdfür min littjet plattdütschet Stuck „De Straf" vorspält wurd. Un ik hög mi wedder un dach: so heff ik den Olen ok all mal ton Lachen brocht.
As wi von Disch upstunnen — toleßt harr dat noch „warme Käseschnittchen" geben, recht wat for minen Leckertähn! — leet ich mi den Stohl ruhig von den Deener wegrieten, — kunn nu ja niks mehr passeern! Hindenborg geef mi wedder sinen Arm, un wi gungen trurch. Unnerwegens wies he mi sinen Garn achter dat Palais, un vertell mi, dat he dar jeden Dag 'n

paarmal up un af gung. „Zu mehr langt es auch schon nicht“, sä he, un man kunn em woll anmarken, wo sur em dat weer, immer noch to regeern un präsenteern un sik mit Politik rum to slan. Man wat dee Hindenborg woll nich, wenn't wesen muß un dat for Dütschland weer.

In de grode Döns geef dat nu Mokka, Sluck un Zigarrn. Hein Sandsted harr seggt: un wenn Hindenborg denn sin Zigarr smökt hett un se wegleggen deit, denn is dat Tied for us. So keem dat ok. Wi sän em all mit Handslag Adjüs un danken em. Un he bedank sik ok bi us. Gode annerthalf Stunnen weern wi bi Hindenborg wesen. Den französ'schen Ministerpräsidenten Laval hett he domals blot twintig Minuten bi sik harrt, — ja, all mit'n Unnerscheed un jeden as he dat verdeent hett!

Wi gungen denn ja los. Bi de Husdör bleben wi stahn un leeten usen General vorup, dat de Wache eersmal ornlich „in's Gewehr“ träen dee. Un as se just so recht präsenteerde, gungen wi ok rut un deen, as wenn wi dat nu ok woll verlangt wesen kunnen, dat stramm vor us stahn wurd!

Nu weer dat 'n Oktoberdag mit'n schier blauen Heben un lachen Sunn awer Berlin. Wi Ammerländers gungen so in use Dracht, Mantels un Jacken harrn wi nich mit. Ik rich dat so in, dat wi beiden Deerns den General — mit sine roden Upsläg un den släpen Sabel — twuschen us harrn un vorup gungen, de Willemstrat dal un denn de Linden lang. Do harrn ji de Berliners mal sehn schullt! Ogen maken se so grot as Speegeleier! As wenn wi Sioux-Indianers oder Ovambo-Negers weern! Wo keem de General man blot to disse beiden Fronslüd! Dat weer man god, se kunnen us nich ok noch ansehn, dat wi bi Hindenborg to Middag wesen weern, anners harrn se vor Verwunnern woll to Schaden kamen kunnt!

Man wi gungen längs un harrn all dat Hart randvull von Freude awer den schönen Besök bi Hindenborg. Un lachen us an, un de een muß dit noch eben vertelln un de anner dat noch eben seggen, — rein as Kinnervolk an'n Wihnachtenabend!

De Twiebackstut

„Un denn“, harr mine Mudder seggt, as se us morrns hen na Schol schickde, „denn bringt mi vermiddag eben for dree Groschen Twieback mit, Upbrot ok Twieback.“ Mit dat Upbrot weer dat so: wenn man for dartig Penning kofde, geef dat for fief Penning babenup. Man dat muß allmal seggt weern, anners kreeg man dat nich. Ja, sän wi, de Twieback wulln wi besorgen. Upbrot ok Twieback, — dat wulln wi woll kriegen. Wi weern ja verstännige Kinner, wo 'n Mudder sik up verlaten kunn.

As wi middags ut de Schol keemen, hanneln wi de Twieback — Upbrot ok Twieback — bi den Bäcker in un togen mit de grode Tut los. Wi gungen nich 'n Strat längs, wi gungen dör't Land, Sandpadd un Florenpadd, dat weer use Scholweg. Un wi heelden dat so, mine beiden Bröders un ik: wenn wi dat to drägen harrn, eenerlei wat wi nu Botter un Eier hen na dat Dorp oder anners wat mit herbringen mussen: jeden von us drog dat awer een Feld, un bi jedet Steg wurd afgeben. Dat sik kin dotdrägen dee, darum! Nu weer awer just in de Midde twuschen dat Dorp un use Hus een ganz langet Feld un een ganz kortet. Un immer de den langen End drägen muß, argerde sik, un de den korten End kreeg, högde sik. Wi reeken us dat vorher all ut un leeten us dat Knäp kosten, den annern dat lange Feld an to dreihn.

Wat nu an dissen Dag een von us bi dat eerste Stuck in'n Dorp all mogelt oder wat een wedder „ut Versehn“ dat littje Feld toväl dragen harr, ik weet't nich. Midden up dat lange Feld geef't Striet. Hinnerk wull de Tut nich fudder drägen, ik wull se nich hennehmen. Enno stunn dar, käkel mit, rög awer ok kin Klau. Hinnerk stell de grode Tut to midden up de Floren, — de Twieback ruscheln, de Tut wackel noch mal, — mehr kunn se ok ja nich don un begeef sik in dat, wat weerden wull.

Man wat schull väl weerden? Wi steeken use Hannen deep in de Manteltaschen to'n Teeken, dat de dar nu niks mehr bi to don harrn, un gungen längs. Gungen längs un fleutden up dat, wat dar na keem: wi weern ja gottloff all dree ganz unschullig!

Ja, dar stunn nu de Twiebackstut alleen up dat wiede Feld, unner den hogen Heben mit de dicken witten Wulken un den sacht strieken Wind. Wenn se na de eene Sied keek, kunn se dat Dorp mit den littjen spitzen Karktorn sehn, — dar keem se her. Wenn se na de anner Sied keek, kunn se usen Hoff mit de välen hogen Böm sehn, — dar schull se hen. Man wer hulp är? Minschen keemen hier nich väl dör. Ik weet nich, wat 'n Twiebackstut all mal so verlaten up de Welt wesen is, un wenn se harr klagen kunnt, wat se föhlen dee, denn harr se woll mit äre helle, knistern Twiebacksstimm singen mußt: „Ich steh allein auf weiter Flur — —."

So bi Klock twee keemen wi dree Mackers to Hus an. Dat gift Lüd de seggt: hen un her is lieke wiet. Man dat stimmt längs nich immer: wie gungen morrns 'n halwe Stunn na dat Dorp hen, middags bruken wi 'n ganze Stunn wedder her. Theorie un Praxis: morrns gungen wi na de Theorie slank dör, middags harrn wi so allerhand Praxis to befummeln.

Mudder seet in de Stuv an'n Neihdisch bi't Finster, as wi keemen.

„Na, un wo hebbt ji de Twieback?" frag se, as wi all dree binnen weern.

„De staht in Umbsens Land up de Floren“, sä een von us, un dat ok noch ganz krott, as wenn dar fudder niks bi weer.
Nu much use gode Mudder, as se us ahn Tut harr rinkamen sehn, dar woll mit reekent hebben, dat wi sän: „De hebbt wi vergeeten“, oder „De staht buten in'n Windfang up'n Disch.“ Mag wesen se harr sik ok all vörnahmen, nich to schelln, wenn wi ahn dat Upbrot keemen. Se harr ja all allerhand mit us beleft, — man dat wi de Twiebackstut to midden in't Feld harrn stahn laten, dat wull nich in ären Kopp rin. Se wuß nich, wat se seggen schull. Un as se anfung to fragen, wurd se ok nich väl slauer.
Dat weer nu mal so: Schuld harr nums. Mudder meende: Schuld harrn wi all' dree, un dat weer nich to begriepen, dat so grode Kinner eers so wenig Verstand harrn. Dat eenfachste weer ja nu wesen, wi harrn all dree 'n Lag up't Fell kreegen, un dat dar de Sak mit god wesen weer. Man dar keem de Twiebackstut ja nich mit na Hus her.
Mudder mak ut: Enno weer de Ollste un harr de Verstännigste wesen mußt. He schull los un de Twiebackstut bihalen. Man Enno sä: he weer de Allerunschulligste un he fat de Tut nich an, so as se dar achtern up de Floren stund. Mudder wurd vergrellt, un Enno gung los. Man as he dr na so'n annerthalf Stunn nich wedder weer, keem't rut: he harr de ganze Tied dicht bi Hus in't Grabenöwer seeten. Hinnerk un ik weern narns to finnen, — un de Twiebackstut stunn noch immer to mitten in't Feld.
De vertakelte Striet um de Twiebackstut kunn nich upklart weerden. Un wenn dar harr up lurt weerden schullt, bit sik de Schullige mellt harr, denn stunn se vundagen woll noch up de Floren. Dat möt mine Ollern domals woll all insehn hebben, denn se schickden den littjen Knecht los, he schull de Tut

bihalen. Dat weer so bi hen to Klock veer, — ja, solang hett de Twiebackstut dar buten utholen mußt.

Min beiden Bröders un ik awer, wenn wi nu mal wedder Striet um dat lange Feld kreegen, denn maken wi dat glieks an Urt un Stä ut, — un dar harrn wi denn de Hannen nich bi in de Taschen.

Scharp un söt

In'n Sommer, wenn dr dat hart hergung bi dat Heun, kreegen de Knechten namiddags bi Klock soß immer noch 'n littjen Sluck, to'n Vermunnern.

„Kumm", sä Vadder is mal to mi un geef mi Buddel un Glas, „bring dat eben na't Land hen. Kannst Ipi ja mitnehmen."

Ipi weer mine Kusin. Dör mine ganze Kinnertied kann ik mi de groden Ferien nich ahn Ipi denken. Wi weern so een Slag, richtige Dördriwers in dat neeschgierige Oller von tein — twölf Jahren, un verdrogen us best.

Ipi un ik gungen denn ja los, dwaß dör't Feld. Ik heelt den Buddel hoch: klar as Water leet de Genever. „Probeern much ik em woll mal!" sä ik. Ik weer immer for dat Probeern. Probeern geiht awer Studeern. Vadder sinen Prüntje, sinen Swatten-Krusen, harr ik ok all is probeert, — igitt, smeck de bitter! Man Ipi meen nu ok, weeten mussen wi dat doch mal, wat dat mit so'n Sluck up sik harr, un hier keem ja allens god to paß, un denn wulln wi dat man nich länger upschuben.

Wi gungen achter so'n groden Tömelhocken, goten us jeden 'n Glas in un jumpen dat dal. Wo't makt wurd, wussen wi.

„Slecht smeckt he nich", sä ik, as wi fudder gungen, „man he brennt in de Kehl."

„He kiddelt in'n Hals", sä Ipi.

„Kiddelt?" sä ik, „dat weet ik nich, hett he kiddelt?"

„Ja", sä Ipi, „he hett kiddelt."

Ja kiek, dat harr ik nich recht mitkreegen. Darum, as wi wedder achter 'n Hocken keemen, nehmen wi noch 'n Littjen.

„Kiddeln deit he woll", sä ik, „man he smeckt ok söt."

„Söt?“ sä Ipi, „scharp, ja. Man söt?“

„Ja“, sä ik, dat is dat ja just: scharp un söt.“

Wat wull dat all helpen: wi harrn den Kram anfungen, wi mussen em nu ok to En'n bringen. Wi gungen noch mal achtern Tömelhocken un nehmen noch 'n Prov, slogen den Proppen fast up den Buddel, as wenn Vadder dat sulben dan harr, — un weern dar nu achter, wat dat mit den Genever up sik harr.

Ja, dar weern wi achter! Use Ogen sehden nich mehr so recht klar, de Tömelhockens fungen sinnig an to wackeln, un use Beenen —.

„Is di ok so wunnerlich in de Been?“ frag ik Ipi. Ja, Ipi wuß ok nich recht, wat se noch von är eegen Beenen holen schull.

„Ik will di wat seggen“, sä ik. „Lat us 'n bäten achtern Hocken sitten gahn, dat wi den Kram hier —“ un ik wies' mit'n swenken Arm wietluftig awer de Hockens hen, „dat wi den Kram hier eers is wedder to'n Stillstand krigt!“

„Ja“, sä Ipi, „dat lat us don.“

„Is ok väl bäter, de Knechten krigt den Sluck eers, wenn se de Arbeit dan hebbt“, sä ik, un keem mi bannig slau vör.

Wi gungen achtern Tömelhocken, reeten Heu rut, maken us 'n Nest un leggen us lang. Möd weern wi, — och, so möd!

As Vadder 'n stundstied later up't Feld keem: „Na, wo sund de beiden Deerns denn?“ frag he. „Hebbt de den Sluckbuddel nich brocht?“

„Nä“, sän de Knechten, „wi hebbt se dar achtern wohl ankamen sehn, man hier wesen sund se nich.“

Vadder gung los, us to söken. Eenerwegens mussen wi ja afbleben wesen. As he na usen Hocken keem: ja, dar leegen wi un sleepen. Sleepen, as wenn wi de meerste Arbeit bi't Heun harrn don mußt. De Wind streek us awer dat Haar un de roden Backen, de Arms harrn wi een um'n annern slan, as wenn wi us fastholn wulln, un de Geneverbuddel leeg twuschen us un blänker in de Sunn, as grien he sik een.

„Ji hebbt dat nödig", sä Vadder. „Den ganzen Dag dot ji niks, un nu liggt ji hier un slapt." Man denn kreeg he den Buddel to faten. „Sund ji dar bi wesen?" frag he, as he sehde, dar fehl allerlei rut. „Hebbt ji von den Genever drunken?"

„Drunken nich", sä ik benaut, „wi hebbt em blot probeert."

„Dat ji mi dat nich wedder dot, ji Heilunken!" sä Vadder un dreih sik gau af.

„Nä", sän wi un togen sliepsteerts achter em an.

„Na, un wo smeck he denn?" frag Vadder na 'n littje Tied.

„He kiddel in'n Hals", sä Ipi, un ik sä: „Scharp un söt!"

Use ole Bless

De Kinner in de Stadt, de hebbt 'n Hund un 'n Katt oder 'n Karnaljenvagel, se hebbt ok woll is Höhner un Karnickels, man dar hört dat meers ok all mit up. Pär un Keuh seht se blot von Feerns as de Tiere in'n Zoologischen Garn. So recht mit all Kreaturen leben könt doch blot de Kinner up'n Lan'n.

Wi to Hus, wi harrn Pär un Keuh, Ossen un Kalwer, Swin un Schap, Höhner, Anten un Gös, Hund un Katten, Elken, Rotten un Müs', Swinegels un Porgen, un de Vagels in Böm un Strük, de hörden dr ok noch mit to. Wi sehden Kalwer un Fahlens, wenn se just geborn weern, wi maken de Schaplammer un Farken mit grot, wi hulpen de Küken ut't Ei un keeken de Vagels in de Nester. Wi wussen mit allens Bescheed.

Fief Pär harr min Vadder. Een muß dar immer bi wesen, wat fram weer un duchtig lopen kunn. Dat keem vor'n Sonndagswagen un muß all littjen un groden Fahrten maken. Un dit Pärd, dat weer dör min ganze Kinnertied use ole Bless: 'n hellbrunt, blanket Pärd mit'n witten Achterfot un 'n Blessen vor 'n Kopp. Bless weer use Frund. Wi kloppen em de Schinken, wi streeken em um de weeke Snut, wi setten us baben rup, wi brochen em na't Feld. Bless weer flink to Fot un hell von Verstand. Fahrn wi in't Dorp, mak he sik sinen eegen Plan: eers wull he in'n groden Bagen na den Kopmann rup dreihn — gift doch wat to besorgen, dach he. Denn stür he up'n Bahnhof los — schall woll wedder Besök kamen, dach he. Wenn man em dar vorbi harr, wull he bi de Post vorföhrn — de Minschen hebbt ja immer wat to schrieben un schicken, dach he. Wenn dat dar denn ok noch an vorbi gung, heelt he de Ohren stief vorut un dach: dat ward 'n wiede Tour!

Wenn wi utwesen weern oder verreist, immer un allmal stunn he dar. Ik seh dat nau vor mi: den Sonndagswagen mit de gälen Röd un dat swarde Spritzledder, un Bless darvör, den witten Fot upstutt, den Kopp mit den hellen Blessen na us todreiht. Wenn wi dat sehden un up den Wagen kladderten, — ja, denn weern wi all half to Hus.

As ik seßtein Jahr olt weer un dat Leben recht anfangen wull, gung dat for Bless to End. Ik weer to de Tied 'n Jahr von Hus. Do kreeg ik 'n Breef von min Mudder. As ik em lesen harr, seet ik dar mit'n dottrorig Gesicht. „Hast du schlechte Nachrichten?" wurd ik fragt, un se meenen woll, min Grotmudder weer dot bleben oder Vadder leeg krank. „Use Bless is dot", sä ik bedröft. Do lachen se mi ut, wieldeß mi de blanken Tranen awer de Backen leepen. Se kunnen ja nich weeten, wat dat heet, dör sine ganze Kinnertied so'n troen Bless to hebben.

In'n Graben

Bi us in de Marsch is um jeden Hoff 'n Graft, un um jeden Hamm Land 'n Graben. Knicks un Riechelwark hebbt wi nich. De Grabens dot us bäter Deensten: in'n Sommer stiggt dat Water bi Flot in de Sieldeeps un Grabens, — in'n Winter, wenn toväl Water in't Land is, ward dat bi Ebbe aflopen laten. De Beester hebbt in de Grabens to supen, de Anten findt dr in to freeten, de Porgens quarkt un gnurrt dar Sommers in rum, as wenn dat narrns up de Welt mojer wesen kunn, un de Minschen springt dar rawer oder ok rin, all nadem as't kummt!

In'n Vorjahr, wenn de littjen Kalwer to'n eerstenmal in är Leben up de Weide kamt, gift dat 'n dullet Hopphei! Se möt eersmal in'n Graben rin un dar mit Släg wedder rut dräben weern, ehder is kin Rauh. Man denn weet se Bescheed un blift moj up't Feld.

Mit de Kinner is dat nich anners. De möt ok all eenmal Kopp öwer in de Graft oder in'n Graben, — naher paßt se up. Mi gung dat just so. Man wenn ik dr ok heel wedder rut kamen bun, — trorig weer't doch!

Ik weer man noch eers 'n littje Deern un much geern in't Water klein. Un ik meende woll ok all wunner wat ik kunn un leep up dat Steg langs as 'n Kateker up'n Twieg. Bit ik in'n Graben leeg. Mine beiden Bröders, Enno un Hinnerk, togen mi rut. Klaternatt un mit'n Waterspor achter mi an, as wenn ik de Langemettje weer, de ja in de Grabens husen schall, keem ik bi Hus an. Dat gröne Antenkrut seet mi bit up'n Kopp. Un hulen dee ik, as wenn ik dar allens wedder mit god maken kunn.

Mudder treck mi ut, leet gau warmt Water in de Badewann bringen un spöl mi duchtig af. Denn kreeg ik min Nachpi an un rin in't Bett.

Nu harr ja allens god wesen kunnt, wenn — ja wenn! Ik leeg in't Bett un ween un snucker immerlos to. As Mudder na'n halwe Stunn noch mal na mi keek, snucker ik jümmers noch. „Wat is denn?" frag se. „Dat weer doch nich so slimm. Un nu is doch allens god. Wat weenst denn noch, mine Littje?"

Man do keem't rut, wat mi noch quälen dee. Mit Slucken un Snuckern un Snuben sä ik:

„Hinnerk hett seggt — un nu kreeg ik — nu kreeg ik ok noch — ok noch 'n Jack vull Hau ! !"

Ja, kiek, dar harr ik nu de ganz Tied up lurt, dat wull ik achter mi hebben. Eers de Arbeit, denn dat Vergnögen, — eers de Hau, un denn ruhig Slapen!

Hau kreeg ik nich. Mudder eih mi un deck mi warm to. Man von de Tied an heff ik mi vor de Grabens wahrt, — just as use littjen Kalwer ok.

Villa Zipidyll

In de achterste Eck von usen groden Hoff, an't Öwer von de Graft, stunn griesgrön un verlaten de ole Antenkaben. Hoge Eschenböm ruscheln awer sin spitzet Dack. De Anten wahnden siet Jahrstied in den nee'n Schapstall dicht bi Hus. Wer frag noch na den olen Kaben? Mine beiden Bröders un ik, wi kunnen so'n littjet Hus just bruken.

De ole Antenkaben weer ganz ut Holt, all bannig mör un harr allerwegens Locker, wo de Wind dör fleutde. Man dar wussen wi Rat vör. Wi timmerden hier 'n littjet un dar 'n grodet Brett an de Wannen. Denn keem dat Dack an de Reeg. Wi klattern dar rup, wi klattern dar bi dal, rup un wedder dal. Man dat weer us bold langwielig. Wi stellden twee lange Brö an de Siet un rutschen dar bi dal. In de Midde weer 'n Knast, dar bleben wi allmal an hangen. Wi hakden us los, un de Reis kunn fudder gahn.

Mudder wull an'n Sonndagnamiddag mit us utgahn. Se tog us use beste Tüg an un denn mak se sik sulben fien. In de Tied kunnen wi gau noch mal up't Dack. As Mudder keem un us bekeek: och du söte Gott, wat kreeg se do to sehn? Luter Triangels in Boxen un Rock. An Utgahn weer nich mehr to denken. Vadder halde sinen Rohrstock, leeg us awer sin Knee un haude up usen Achtersten dal, ahn dat de Triangels dar dicht von wurrn. Blot use Steert föhl sick achterher ganz heet an. Man dat harr he ok dan, wenn wi fief mal de Brö dal sust weern.

Ollern sund wunnerliche Minschen!

In use Wahnstuv hung 'n Spreenkasten, vörn mit Lock un

Stang un baben mit'n Deckel to 'n Upklappen. Dar steek Mudders Wischdok in. Är Susterkind harr den Kasten malt un brennt, moj mit Ranken, Blö un Blomen. Awer dat Lock stunn in'n Bagen: „Villa Waldidyll.“ So 'n Wurt harrn wi in'n Leben noch nich hört. 'n Wald geef dat bi us nich, un von'n Idyll wussen wi eers recht niks von af. Wi lesen dar „Villa Walldidel“ rut, dat klung lustig, so na Fidel un kandidel! So 'n Art Namen schull use Antenkaben nu ok hebben. Wi kunnen dar lang nich mit togang kamen. Toleßt harrn wi't. Anten weerd ok „Zipi“ nennt. Un so heede use littje Hus nu: *„Villa Zipidyll.“* Mag jedeneen sehn, wo he 'n bätern Namen för sin Hus findt.

Villa Zipidyll wurd inricht. Bänk un Disch weern bold tohop timmert. Mudder geef us Resten von Tapeten un kak us 'n groden Pott vull Kliester. Dar smärn wi de Wannen mit in un backen dar Tapeten, Biller un Postkarten an. Sehde ganz modern ut. Vor de runden Luken in beide Gebels nageln wi Brö, de bi Sied schaben weern kunnen. De Dör kreeg 'n Sticken to'n Afpennen. Un denn seeten wi in use Villa, kloppen halwe Dag Karten oder maken anner Undög. Mudder harr immer wat for us to don, wenn wi är vor de Föt keemen. Man se harr kine Tied, us eers in de achterste Eck von usen groden Hoff to söken. So harrn wi use Rauh.

Mag jedeneen sehn, wo he in sin Hus mehr Rauh hett as wi in Villa Zipidyll.

Man as Krieg un Bomben anner Minschen ut äre Hüs verdreben hefft, so keem de Mulsük awer us. Beester wurrn krank un mussen 'n Kaben for sik alleen hebben. For de Anten weer kin Platz mehr in'n Schapstall. Villa Zipidyll wurd beslagnahmt, un de Anten snatern dar in rum, as wenn är dat Hus alleen tohörde.

Is nich schön, so 'n Volk in'n Hus to hebben!
Na 'n paar Wäken flaude de Mulsük af, de Anten togen wedder in'n Schapstall un wi in Villa Zipidyll. Man wo sehde use Hus ut! De Anten harrn sik in niks scheneert! Wi schuppden eersmal den Mest rut. Man dar weer dat nich mit dan. Wi mussen schrubben. To 'n schrubben hört Water. Enno sä, wenn dar wat von weern schull, mussen wi 'n Waterleitung leggen. Up 'n Husbön stunn 'n handlich Bassin mit'n Kran dar an, dat halden wi her. 'n Slauch funn sik ok. Wi goten dat Bassin toeers vull Water, leggen dar twee Taun um, stellden 'n Ledder an't Dack, un denn hievden wi den Waterkasten na baben up dat smalle Brett, dat den Fast lang leep. As wi use Fracht baben harrn, weer dat Bassin leddig un wi sulben klaternatt. Wi takelden foftein Emmer vull rup, — dat halwe Water keem blot baben an, — un denn kunn de Waterleitung in Betrieb gahn.
De sik sulben noch kine Waterleitung leggt hett, de weet nich, wat dat for 'n sur't Stuck Arbeit is.
„Enno — Hinni — Alma!" reep Mudder us to'n Vesper. Wi heelden de noch half drögen Arms vor dat natte Lief un setten us achtern Disch. De ganze Stuv rok na natt Tüg.
As wi wedder na Villa Zipidyll keemen, weer dat Bassin half leddig leckt. Wi hievden nochmal tein Emmers hoch, Enno settde sik baben up't Dack, ik nehm den Slauch, Hinnerk den Schrubber, un nu gung dat los. Enno dreihde den Kran apen un schreede, as wenn'n Diek braken weer, ik scheute Water un schreede, as wenn't brennde, un Hinnerk schrubbde, dat't man so stov un ganz Zipidyll wackelde!
Wenn awerall so rein makt wurd, sehde dat bäter ut in de Welt.
Villa Zipidyll weer rein un schier. Dat durde dree Dag, bit

allens wedder drög weer. Un denn stunk dat dar immer noch na de Anten.

„Rökern“, sän wi. „Wi möt dat Hus utrökern!“ Wi halden twee ole tweie Pannen, leggen ’n Für an mit Sprickeln un Dannengrön. — Dannen rükt god, — maken Dör un Luken dicht un leeten de Pannen rökern. Villa Zipidyll qualmde ut alle Fugen, as wenn dar ’n Oss in brat wurd.

Wi togen wedder in. Villa Zipidyll rok wunnerbar, — as an’n Wihnachtenabend.

Eenen Sonndagnamiddag kreegen wi Besök. Enno un ik seeten just in use Villa, de Dör harrn wi topennt. Hinnerk un de Frund wullen rin. Wi leeten se nich rin. Se wurrn vergrellt, halden Haken un Stangen un versochen, vörn de Dör un achtern de Wand mit dat Antenlock apen to breeken. Enno un ik geben nich na. De dar buten halden dat Breekisen, se rackeln un rammeln, de Nagels reeten ut, de mören Brö spleeten un broken. Enno un ik leeten se kinen Fot vör, wi stemmden dat ganze Möbelmang gegen är an, wi schonden niks. Dree Stunnen durde de Belagerung, — un denn weern wi dar mit dör.

Villa Zipidyll sehde ut, as wenn de Artillerie dar up af holen harr. An de Wand na de Graft to weer kin Brett mehr heel. Wi nehmen use Handwarkstüg un fungen wedder von vörn an. De Minsch möt immer wedder von vörn anfangen.

Theater

Dat weer nu mal so: harrn mine beiden Bröders un ik us ok noch so vertörnt un haut, weern wi glieks wedder een Hart un een Seel, wenn use Olen utgungen. De Wagen weer noch nich von'n Hoff dal dör dat Heckdor rullt, stunnen wi all tohop un awerleggen: Wat willt wi utfreeten?! Enno meen: Kartenkloppen bit in de Nacht rin um Vadders Spälmarken, golden as Teinmarkstucken. Hinnerk wull 'n Zirkus maken: een von us stellde sik in de Midde von usen groden Windfang, knallde immerlos mit de Swäp, un de annern jagen rundum up Strump, bit se ganz dörlopen weern. Wat use Mudder sik dar naher bi dacht hett, weet ik nich, dar hebbt wi leewer nich na fragt. Wi kunnen ok „Lüd targen", as wi dat nennden. Dat weer: Bessens, Forkens, Emmers un wat all versteeken, rumlurn wo us nums vermode, un so furchterlich schreen, dat Knechten und Deerns tohop schoten un meenden, de Düwel duk vor är up. Oder wulln wi Theater späln?

Theaterspälen weer doch dat Beste. Vadder sinen blauen Suldatenrock von Anno Toback harrn wi utspikeleert, kunnen wi moj bruken. Weer use Mudder dat Wär buten to slecht wesen for är Krimmerjack un den Hot mit de Straußenfedder, höfden se nich trorig in't Schapp hangen: denn harr Hinnerk se abends an. De nu meent, Enno un Hinnerk stellden Keerls dar un ik 'n junge Deern, de hett kin Ahnung von Theater. Enno spälde 'n Deern, Hinnerk de Husfro un ik den Suldat. Anners weer dat ja kin Kunst! De sik nich ganz un gar umdon kann, schall de Fingers dar von af laten, von't Theaterspäln.

Denn nu man los! In'n Windfang gung dat vor sik, Knechte un Mägde keeken to. Wenn't anfung, wurd de Lamp upstickt, wenn 'n Akt to En'n weer, wurd se utpust. 'n Vorhang harrn wi nich. Enno as Agnes seet an'n Disch un schillde Katuffeln, stund em an as'n Hund dat Grasfreeten. Se fummel 'n Breef ut ären Bussen, — so hörde sik dat: ut 'n Bussen! — un les lut vor. Willem, är Suldat, wull up Urlaub kamen, weer all unnerwegens.

„Wenn du diesen Brief mit deinen Tränen netzest", schreef he, „is all bald bei dir

Dein süßen Willem."

Agnes druckde den Breef an't Hart un verdreihde de Ogen in'n Kopp. Tranen wulln dr nich rut. Mitdeß keem Hinnerk an as Husfro in Mudders Morgenrock, schullt as 'n Feldwebel, dat Agnes nich mehr dan harr, un gung af. Agnes fung wedder an, de Katuffeln veerkantig to besnien.
Do keem ik, as Willem von de Artillerie, 'n brennen Zigarr in de Beck, fat Agnes von achtern her um un — och, de Freude! Dat Puhä ! ! Wi rangeln us een um den annern, — väl to seggen wussen wi nich. Man wat sund ok Wör in so'n Ogenblick! Agnes sä, ik schull man Katuffeln mit schilln. Leef möt dan, nich blot seggt weern. Mitdeß keem ok de Husfro all wedder an. Ik krop gau unnern Disch. Tweemal gung se up un af an mi vorbi, — holt den Aten an, Lüd! — bi dat drudde Mal harr se mi! Se hal mi unnern Disch rut un verwamms mi. Agnes schreede un kreeg ok'n Lag. Een von us pus de Lamp ut: Sluß von 'n eersten Akt!
Nu Disch, Stöhl, Katuffelmoll weg un de Palmen un grönen Planten ut de beste Stuv ran slept. De Lamp wurd wedder up

stickt: de tweede Akt späl in 'n Lustgarn. Agnes un Willem seeten achter de Planten, mit'n Steert up de kolen Florn.

Agnes putz Willem sine gälen Knöp. „Möt ik di woll putzen, ol' Holsterbuck", paterde se, „möt ja moj blank wesen, min littjen Steertporg, nich?"

„Och lat doch, min Smoltengel", sä ik, „wenn dine Ogen man blank sund, littje Schettertucker!"

Tschä, wi wussen, wo dr dat hen muß. Un wenn man unner Palmen sitt, snackt sik dat lichter to. Man nu keem de Husfro ok all wedder an, in Krimmerjack un Fedderhot, 'n bunten Pombadur awer'n Arm. Agnes un ik duken us achter de Palm. Tweemal gung se an us vorbi, — holt den Aten an, Lüd! — bi dat drudde Mal harr se us! Se tog us achter de Planten weg un verwamms us. De littje Knecht pus de Lamp ut: Sluß von den tweeden Akt!

Nu wi mal mit Planten un Palmen in de free'e Natur gahn weern, bleben wi dar ok in'n leßten Akt in. Am besten, de Natur späl sulben mit. Wenn ik dar nu awer nadenken do, möt ik mi wunnern, dat wi nich den Windfang unner Water sett un'n Stormflot makt hefft. Davor leeten wi awer 'n Gewitter los. 'n Gewitter bi Nacht, dat wiest wat her. Biestert nich de ole König Lear ok bi Donner un Blitz awer de Heid, dat een de kolen Gräsen man so awer'n Puckel lopt?

De Windfang bleef düster. Hinnerk gung achter de grode Schief von de Kamerdör un knips 'n elektrische Drucklatücht gau an un ut: Wärluchten! Denn rackel he mit'n Stohl un smeet em um: de eerste korte Donner. Agnes un ik smeeten us platt up 'n Buk an de Grund, — schall man bi Gewitter up free't Feld ja don, — un leeten Donner un Blitz awer us hengahn. Wieldeß snacken wi von de Tied, wenn wi eers befreet weern, un Agnes sä, se wull glieks in dat eerste Jahr slank achternanner weg fief Kinner kriegen, denn weer se dar mit dör! Dar lachen Knechte un Mägde so luthals awer los, dat use Gewitter dat Donnern vergeet un aftog.

Nu keem de Husfro wedder, — wi bleben still up't Lief liggen un rögden us nich. Tweemal streek se an us vorbi un dee, as wenn se us nich sehde, wo wi doch to midden in'n Windfang lang leggen, — man bi dat drudde Mal harr se us, verwamms us un: Sluß von den drudden Akt!

Dar mag een nu awer use Theaterstuck seggen, wat he will: wi wussen, wo dr dat up ankummt. Mit Hen- un Hersnacken is dat nich dan, un mit'n dullen Kopp un hangen Hannen vor 'n anner stahn is ok man noch halwen Kram. To 'n Drama hört Handlung. Un Handlung weer in use Stuck! Dat ik as Suldat nich harr verhaut weern druft, all garnich von'n Fronsminsch — ja du leewe Tied, an allens kann de Minsch nich denken, all garnich, wenn he in Fahrt is. Un Hinnerk weer in Fahrt, dar kunnen Krimmerjack un Fedderhot ok niks an holen. Un wat 'hulp mi de Suldatenrock, wenn ik as de Jüngste nich gegen em an kunn? Hier stunn Natur gegen Kunst: in Hinnerks Natur leeg dat nich, sik freewillig verwammsen to laten. Sowiet — nä, sowiet gung sine Kunst denn doch nich.

De Reis na Bremen

Mine Mudder, as se noch lefde, de settde sik eenen Dag in de Isenbahn un keem na Bremen, um mi to besöken. Dar seet se nu in mine Bude, drunk 'n littjen Köm, stellde dat Glas wedder up den Disch, keek mi mit äre blauen Ogen trohartig an un sä:

„Vadder, wat is dat doch for 'n goden Keerl", un se fummel an den bobbersten Knop von är Kleed.

„Lat man", sä ik, „du strickst dinen Olen ja immer so rut!"

Man nu harr se den Knop apen wrangelt un tog 'n Brustbüdel rut, as man fröher drog, wenn man väl Geld mit unnerwegens nehm. He weer ut wittet Hemdendok, moj steppt mit Klapp un Knop, un dar steeken dreehunnert Mark in, de Vadder, „de gode Keerl", är for de Reis na Bremen mitgeben harr.

„Gif man her", sä ik, „dat ik se di verwahren do", nehm de Schiens un slot se in minen Schriefdisch. As ik mi wedder umdreihde, seet mine littje Mudder dar mit'n Gesicht, as wenn se Spitzbowen un Halsafsnieders in de Hannen fullen weer: knapp 'n halwe Stunn in de Stadt un de Brustbüdel weer all leddig! Mit Geld weer mine Mudder kriddelig as 'n Hund mit sinen Knaken: se geef nich geern wedder her, wenn se't harr. Se dee mi leed, so verbiestert as se dar seet, un ik geef är foftig Mark wedder trurch.

„Wat wullt denn mit all dat Geld?" frag ik.

„'n Kleed kopen", sä Mudder.

„Schall dat for best wesen?" Ja, dat schull for best wesen.

Wi gungen in de Stadt un in 'n godet Geschäft un sän, wi wulln 'n Kleed kopen. Glieks tog 'n Frominsch mit us af, de

Trepp rup na baben un stür us in 'n littjet Kabuff, wo wi töben schulln, dat us Kleeder vorföhrt wurrn. Dat durde sine Tied. Denn keem 'n junge Deern, snick un sniedig un mit rode Haar. Se harr 'n swardet Kleed an, wiegelwagel vor us rum, dreihde sik, wies sik von achtern un von vörn, hampelde mit de Arms un slurrde mit de Been. Wi keeken de Deern an, wi keeken dat Kleed an, — un denn keeken wi us an.

De Deern gung af un keem na'n littje Tied wedder in 'n anner swardet Kleed, baben wiet utsnän un unnen mit'n dreedubbelte gäle Tüllrüsch dar um rum. Dat stun är god. Mine Mudder awer weer an de Säbentig, mit'n nakten Hals leep se all lang nich mehr rum, un wo schull dat woll gahn mit den gälen Tüll unnen an 'n Rock bi us up 'n Lan'n, in 'n Winter bi de Kleischiet, un wat de Lüd sik woll wunnern schulln! Wi keeken de Deern an, wi keeken dat Kleed an, — un denn keeken wi us wedder an.

Dat Frominsch keem noch 'n half Dutzend mal, immer mit'n anner swardet Kleed. Se harr sik as 'n Pagelun, de Rad sleiht un sine bunten Steertfeddern wiest. Är glatte witte Hals schiende hell ut dat swarde Tüg. Wi troden us garnich, wat to seggen. Man so kunn dat ja nich fudder gahn. Of se nich ok Kleeder for mine Mudder harrn, frog ik toleßt, so mit Hoch-an'n-Hals. Nä, se de Deern, mit Hoch-an'n-Hals de harrn se nich, un ik kunn marken, for wo ahneweeten un achterto in de Mode se mi holen dee. Mit Hoch-an'n-Hals muß dat awer wesen, sä ik benaut, un wenn dr sockse nich bi weern —.

Nu rischde sik ok mine Mudder. Wenn se kin passen Kleed for är harrn, un se dat wußt harr, — äre Sniedersche Hanne Bruns in Roonkarken weer man just krank, un bi de durde dat ok immer een Tied un all Tied, — anners wenn se wußt harr, dat dr in Bremen niks Rechts to kriegen weer —.

Wi gungen rut. Ik sä buten to mine Mudder: „Du kannst so 'n finet Geschäft in Bremen awer nich mit Hanne Bruns draun, dat geiht nich!"

Wi gungen in 'n annert Geschäft. Dar muß mine Mudder sulben anprobeern. De Verköpersche slog är een Kleed na dat anner awer den Kopp, zurrde un takelde dar an rum as wenn mine Mudder 'n Seilschipp weer, treet 'n Trä trurch un keek us an mit'n Gesicht, wat dr seggen dee:

„Is dat nich 'n staatschen Kram?"

Wieldeß reck mine Mudder all de Arms hoch un bög sik na vörn, dat är de Verköpersche dat Kleed wedder as 'n Fell awer de Ohren tehn kunn. As de Beiden dat so 'n teinmal makt harrn, stund mine Mudder dar mit'n plusterigen Kopp as 'n Hohn, wat dr feddert hett. Se keek mi so verweiht un verratzt an, dat se mi rein durde.

Toleßt kreegen wi doch 'n Kleed to faten, wat dr halwerhand passen dee. Hoch-an'n-Hals weer ok dat nich, man dar weer mit Kragen un Vörlatz Rat vör. Hanne Bruns in Roonkarken schull dr den leßten Schick woll an kriegen! Wi wulln glieks betahlen un ik hal dat Geld rut. Man do markde ik, dat ik nich nog mitnahmen harr. Ik dach: wenn ik mine Mudder nu toplinker, un se fragt eers un fangt wedder bi den bobbersten Knop an to fummeln un vertellt von Vadder un wat he doch for 'n goden Keerl is. Un de Verköpersche steiht dar un weet nich, wat se dar von holen schall —.

„Ja, Mudder, nu man rut mit'n Brustbüdel", sä ik ahn Lackermentjes.

De Verköpersche dreihde sik af, as wenn se dat Spillwark nich mit ansehn wull, un snof sik dreemal, bit se mit är Lachen un Mudder mit ären Brustbüdel klar weer.

Wi betahlden dat Restgeld ut 'n Brustbüdel un togen af.

Wi gungen in'n Gasthus, wi weern smachtig, de Kleederkop harr us rein von de Beenen brocht. As wi nu eeten, keem de Kröger un wull sik um sine Gäst kummern. Bi us up 'n Dorpen kennt alle Lüd den Kröger, se seggt em, wenn se rin kamt, goden Dag un dar is dat mit god. Mine Mudder wuß nich, dat dar de Wirt stund in sin bestet Tüg un 'n Deener mak, as bi us de Mannslüd blot dot, wenn se een to'n Danzen halen willt. As he sik wegdreiht harr, frog se mi liesen:
„Wat wull de Keerl?!"
Wi wullen nahsten wedder in mine Bude in de Kohlhökerstraten. As wi den Theaterbarg dal gungen, stund dar dat Denkmal von den nakten Keerl mit dat Pärd. Mine Mudder meende woll: Denkmal, dat schall heeten: „Denk mal an den Minschen, de dar steiht." Un dar harr se ja ok ganz recht mit. Mag wesen, se hett ok awerall nich mehr väl dacht, wiel se möd weer: von de Reis, de välen Kleedaschen, dat Rumbeutern in de Stadt, un denn de Brustbüdel leddig —.
As wi an den nakten Keerl mit dat Pärd vorbi keemen, wull se mi awer doch wiesen, dat se up allens 'n Og harr, un so sä se denn:
„Wer is dat nu, — is dat 'n bekannte Persönlichkeit?"
„Awer Mudder", sä ik, „bekannte Persönlichkeit un denn splitterfaserig nakt?"
„Och ja, is ok wahr", sä Mudder.
Abends seeten wi in't Theater, in de „Zauberflöte", mine Mudder hörde geern gode Musik. Man sodra as de Vorhang runner weer un wi nich mehr up dat Späl un nich mehr up de Musik up to passen höfden, fung mine Mudder glieks an:
„In use leßte Kränzchen weer dr Lieschen Heuschen garnich. Dat Water weer awern Butendieks wesen, bit in är Hus un in de Kommode." Oder se vertell von Vadder un von dat, wat

dat Nees geef tohus. Ik markde, wo äre Gedanken weeren, un leet se.

Den annern Dag kofden wi 'n Breeftasch for Vadder, un Mudder dee em dar 'n Twintigmarkschien rin, dat he glieks wat to vertehrn harr! Se smunstergriende, as se dar an dach, wat he eers grienen un sik freuen schull! De Magd wull se ok wat mitbringen von äre Reis, wi gungen in 'n Laden un Mudder frag na 'n Leppmess. Dat Frominsch achtern Tresen wunnerwark mit runde Ogen, wat dat woll wesen schull. Ik verknutfidel är dat: 'n Mess to'n Trennen, to'n Leppen, un mine Mudder schimp, as't dat ok wedder in Bremen nich geef: kine Kleeder bit baben to un kin Leppmess, se apen to trennen! De Verköpersche schuddel den Kopp achter us her, — man mine Mudder schuddelde ären Kopp ok.

Twee schöne Dag harrn wi mit'n anner, mine littje Mudder un ik, un dar denk ik immer wedder geern an. Mine Frunde un ik awer, wenn us siet de Tied 'n Wirt sinen Kratzfot maken deit, seggt wi allemal: „Wat wull de Keerl?!", un de nakte Pärbändiger an'n Wall heet blot noch: „Die bekannte Persönlichkeit."

Up de Freete

Achtein Jahr weer ik olt, do sä Wilhelm Wisser, de plattdütsche Märchensammler, to mi: „Schrief doch mal 'n plattdütsch Theaterstuck. Du kannst dat!“ Ik harr domals blot eers Gedichten un littje Geschichten schreben, ik fung ja eers an. Mi an'n Theaterstuck ran to wagen, dar harr ik minlef noch nich an dacht. Un nu sä Wisser ganz eenfach: „Du kannst dat!“ Ja kiek, wenn so'n befahren Mann mi dat totrode, muß ik dat denn nich versöken?

Ik dach swar na. In so'n Theaterspäl möt de Minschen sik toeers nich eenig wesen, dat gift Larm un Striet, een geiht gegen den annern an, — un toleßt kummt allens moj in de Reeg, — oder ok nich. Wenn't scheef geiht, is dat 'n Truerspill, wenn't god geiht, 'n Lustpill. So meende ik, muß dr dat hen. Un bi mi schull dat pläseerlich utlopen.

De Minschen in min Stuck mussen Burn wesen, de kennde ik, weer ja sulben 'n Burndeern. Un 'n Jungkeerl wull 'n Deern freen, de he nich hebben schull, nahsten awer doch kreeg, — dat stund ok fast. Man nu muß de Kram eersmal dör 'n anner tütert weern. Ik leet min Stuck in de Tied späln, wo noch de Ollern dat Freen von äre Kinner stürden un 'n Brutwarwer los kreegen. Nu schull de ole Brutwarwer awer just up den glieken Weg ok 'n Koh nafragen. „Bi Baak de Koh, bi Knaak de Fro“, so weer em dat inknutt. De ol Grotmudder broch em dat dör 'n anner, to'n besten von den Jungkeerl. Toleßt leep allens wunnerbar trecht: dree Paar Brutlüd stunnen up de Bühn. Mehr kann een doch nich verlangen! Man dat geef achterher doch Lüd, de sän, wat de Grotmudder nich den olen

Brutwarwer harr kriegen kunnt. — Wecke Minschen könt doch den Hals nich vull kriegen!

Ik schreef min Stuck nu nich, as man dat von so Dichters denken mag, up'n Dackbön s'nachts bi'n Talligstummel, nä, ik schreef dat, wo mi den Dag dör de Gedanken keemen. Fegde ik de Kamer, duk ik mi achter de Bettstä un schreef 'n paar Reegen. An't Öwer von de Graft, in'n Pärstall up de Futterkist, up'n Weg na't Dorp up'n Heck, allerwegens weer ik dar stillkens bi to Gang. Ik harr immer 'n littjet Bok un 'n Bleesticken in de Tasch. Wenn 'n sik ran holt, kann man ok so woll to wat kamen.

As de veer Törns klar weern un Willem Wisser se dörkeeken, verbätert un denn for god befunnen harr, keem ik to Hus mit min Spill vor Dag. Mine Ollern un Landslüd maken grode Ogen. Man denn kreegen se dr Lust to. In Roonkarken, wo ik grot wurden bun, schull dat toeers upföhrt weerden, anners kunnen wi us dat nich denken. Dar weer ok nich Een, de nich up de Städ toseggt harr, dar bi to helpen. Nu wurd dr lehrt un provt. Kulissen wurrn anpinselt, ole Drachten ut't Schapp halt, — dat ganze Dorp hulp mit. De Sniedersche Hanne Bruns neihde mi 'n Blus mit soßundartig Druckknöp un'n grode Sleuf sidels an'n Hals. Mehr kunn se dar nich bi don!

De Dag von de Urupföhrung keem. Ik seet Stunnen lang buten vor de Schür un wusch Röben af. De schullen in'n leßten Törn moj gäl up'n Bulten liggen, dat de Burnfro, verbaast awer de dreedubbelde Freeree, dar up dal sacken kunn mit'n: „Nu slah dr doch de Bumklock in!"

So vull as an den Abend is de Saal woll minlef nich wesen. De Lüd seeten bit up de Trepp un den Musikantenbön. De Upföhrung weer wunnerbar, de Lüd lachen, as wenn se keddelt wurrn. Se freuden sik awer dat Stuck, man just so an de

Spälers, de se ja all as Dorplüd kennden. Butendem harrn se ok noch bold rut, wecke Minschen ik in min Stuck afteekent harr. Stuck un Spälers un Tokiekers weeren all een Art un Slag, weern een Hart un Seel, — mehr echt un eenig gung't nich!

'n half Jahr later wurd min Stuck in Hamborg von de Nedderdütsche Bühne in't Thalia-Theater upföhrt. Ik meen domals, 'n Fronsminsch gult nich väl in socke Saken un leet eenfach schrieben: Vergnögt Spill von A. Rogge. Man as ik do to'n Sluß up de Bühne keem: jung, mit rode Backen un in'n witt Kleed, — do mussen de Lüd eersmal Aten halen vor Verwunnern, eh dat se for dull an to kloppen fungen. Se weern sik woll 'n ollerhaftigen Keerl mit'n struwen Bart vermot wesen.

Dat hefft ok anner Lüd gloft, de dissen Abend nich mit beleft harrn. As ik na Jahren den Mecklenborger Dichter Friedrich Griese kennen lehrde, frag he mi:

„Rogge heet Se — dat geef doch 'n plattdütsch Stuck von 'n Rogge, ik meen von'n olen Paster. Sund se mit den verwandt?"

Ik nick ernsthaftig. „De ol Paster Rogge", sä ik, „dat bun ik ! !"

De grotste Vagel

Min vergnögtet plattdütschet Spill in veer Törns „De Vergantschoster“ is väl up nedderdütsche Späldelen spält wurden. De Baas von dat Stuck is 'n Schoster, de nich väl Lust hett, achter sinen Leesten to sitten un Schohsahlen to bekloppen. He juckelt leewer dör de Gegend un geiht na all Vergantungen, — Aukschonen, as 'n ok seggt. Is to verstahn: dar lopt 'n Masse Minschen tohop un dar gift dat wat to kieken: Pär, Keuh un Kalwer, Forken, Emmers un Schuvkarn, Plüschsofas, Schapps un Schilleratschen. Man dat Beste is: Dar ward for umsunst Köm un Beer un Grog utschunken, dat de Lüd in Gang kamen un ornlich been un kopen schöllt. Dat is wat for usen Schoster, dar holt he sik ran, — ik meen an't Drinken, nich an't Kopen.

In min Stuck nu geiht den Schoster allens scheef: to Hus gift dat Larm un Striet mit sine Olsch un sin Dochter, — de he rut smitt, — up de Vergantung nahsten supt he ut vergrellten Kopp toväl un reudelt sik allerhand Schrappschörn an, vergantert naher in'n Krog sine Olsch un frundjet for dull mit Minchen, de leddige Krögersch. So, un nu ward dat tappenduster for em, bit he sik na väl Scheereen un Bedröfnis mit Olsch, Dochter un Gesell wedder verdrägt. Just in dissen Ogenblick, — slechter kunn se dat nich raken! — kummt Minchen anstürt un meent, de Schoster schall är freen. De Schoster krigt gau 'n ol Vagelbur von de Vergantung her un klemmt är dat unnern Arm, denn, — so seggt he, — se kunn dat am besten bruken, se hett ja 'n Vagel!

Dar is dat Stuck mit ut.

Nu wull de Ollnborger Nedderdütsche Bühn dit Stuck in't Ollnborger Landestheater upföhrn, un dar harrn mine Landslüd sik nu wat Besunners to utklamüstert.

Se sän: se harrn sik dat so dacht un dat weer doch moj un ik kunn dat ok säker, — wat ik nich Minchen, de Krögersch, sulben awernehmen wull.

Ik sä: mi stund dat Schrieben an von so'n Stuck, man nich dat Spälen, un ik wull't leewer laten.

Se sän: de söten Ollnborgers schulln to dat Stuck noch mal soväl Lust hebben un all Mann in't Theater ronnen, wenn ik sulben dar in mitspäln dee.

Ik sä: wenn de söten Ollnborgers nich wegen min Stuck in't Theater keemen, deen se dat säker ok nich, um mi as Minchen to bewunnern.

Se sän: dat paß doch so moj, un bäter kunn sik dat garnich drapen, as wenn just *ik* dat Vagelbur unner den Arm kreeg mit den wunnerbaren Satz: „Du heß doch den grotsten Vagel von us all!"

Dat lucht mi in. Ik sä to!

De Proben gungen los. Ik stellde mi ganz ornlich an, begreep, wat ik schull, un stür as putzig Minchen mang de Mannslüd.

De Abend von de Upföhrung keem. Dat Theater weer stoppenvull. In den eersten Törn harr ik niks to don. Man wat hulp mi dat? Ik biester benaut achter de Kulissen rum un föhl mine sware Stunn anbreeken.

Se brok denn ok an. De tweede Törn späl in mine Wirtsstuv. Ik stunn as Krögersch achter de Thek un legg eene Hand fast um'n Kömbuddel. Eenerwegens möt de Minsch sik an hol'n! De Vorhang gung hoch. Knapp weern mine söten Ollnborgers mi wies wurrn, begröten se mi mit kloppen Hannen, dat't man so ballerde. Ik stunn verbaast: wat schull ik dar nu bi

don? Nickkoppen, 'n Kratzfot maken, mit'n Buddel wenken? Schull ik mi mucksen oder nich? Ik rög sacht den Kömbuddel, plinker jem mit de Ogendeckels to un stunn wedder bomstill. Späl man, wenn nich weest, wat du spälen schast ! ! !
Man denn keem de Törn in de Gang. Ich got dat Mannsvolk Köm un Grog in de Glös un sä, wat ik seggen muß. Ik leet mi von den Schoster um de Rippen faten un gnicker verschamt. Wat möt, dat möt!
In'n leßten Törn keem ik in den Schoster sine Warkstäd mit'n Franjendok um de Schullern un 'n Wipphot up'n Kopp, um em to vermahnen, sin grogselig Verspreeken to holn un mi to freen. Un ik smüster söt as 'n Brut. De Schoster un sin Gesell lachen mi luthals ut. Schön weer dat nich for mi!
De Schoster klemmde mi dat leddige Vagelbur unner den Arm un sä: ik harr doch den grotsten Vagel von jem all.
As wenn se dar blot up lurt harrn, kloppen un ballern mine Ollnborgers nu wedder los as Donner un Hagelslag. Mi brummde de Kopp —, for wat schull dat nu gelln: for minen Vagel, for min wunnerbar Späln oder for min Stuck? Dat Stuck harr ik all vor Jahren schreben, man spält harr ik an dissen Abend. De Bifall muß for min Spälen wesen.
Ik wurd ganz alleen up de Bühn schickt. De Ollnborgers keemen rein ut Rand un Band. Weer ik nich so bedonnert wesen, harr ik weeten mußt, dat se mi Dank tokloppen wullen for dat pläseerliche Stuck. Man nu stunn ik dar as dröpsteertig Minschen, verdreiht un verweiht. De Wipphot wackel up minen Kopp, de Franjen von min Dok fluddern. Un ik dach benaut, wat dat doch woll angahn kunn, dat ik den grotsten Vagel harr von jem all?
Ik heff dat Minchen minlef nich wedder spält. Man schall'n sik vor de Lüd nich noch vageliger maken as'n so all is ! ! !

Harm un Heini

Harm un Heini seeten in'n Krog achtern Diek un smöken äre korte Piep. Dick as Dak hung de blaue Rok unner de Dek. De Kröger harr Beer brocht. Harm un Heini drunken.

„Wo grot, meenst du, weer de Häkt, den du in't Sieldeep sehn heß?" frag Heini.

Harms hakde sine Piep twuschen de Tähnen un wies' mit beide Arms: „So lang weer he säker."

„So lang?" frag Heini.

„As ik di segg, so lang weer he to minnsten." Harm schuddel de Hannen up un dal un schuddel se dar immer fudder bi ut'n anner. „Dat weer 'n Bengel, kann ik di seggen."

Heini keek von de eene grode Harmshand na de anner. „Is dat wahr? Kunnst du em denn so nau sehn?"

„He stund ja ganz still in't Water. Musenstill, segg ik di."

„Harrst em man steeken kunnt."

„Dat harr ik ok geern dan, man ik harr ja niks bi mi. Un dat weer just, as wenn de Häkt dat wuß. He bleef ganz ruhig stahn un keek mi an, as wenn he seggen wull: du deist mi niks."

„He keek di an?" wunnerwark Heini.

„He knippog mi ornlich to", sä Harm, kneep sin Og in un plinker up un dal. Junge di, sowat harr Heini noch nich hört. Dat muß he sik eersmal richtig utdenken, wo de Häkt still in'n Sieldeep stahn un knippogt harr.

De Kröger broch twee frische Glös'. Harm un Heini drunken.

„Un du meenst, so lang as disse Disch hier weer he woll?" fung Heini wedder an.

„Länger", sä Harm. „Länger, wenn ik dar richtig awer nadenken do."

„So lang as de Thek?"

Harm settde sin Glas hart up den Disch. „Länger!" sä he.

„Gung he denn woll hier in de Gaststuv rin?"

„Knapp", sä Harm. „Man ganz knapp."

„Junge di, Junge di", sä Heini, „dat weer awer een! Den harr ik sehn mucht."

„Wenn wi em hier harrn", sä Harm, „un leggen sinen Kopp up de Thek, denn mussen wi dat Finster apen maken, anners gung he hier nich rin. Un wenn he denn mit'n Steert slog, so as he dat vernamiddag dee —."

„Mit'n Steert slog? Du heß doch seggt, musenstill weer he wesen."

„Dat weer he ok, he geef kinen Ton von sik."

„Blot mit'n Steert hett he slan?"

„Dat hett he. Un darum segg ik ja just: wenn he mit'n Kopp up de Thek leeg un dat anner End to'n Finster rut hung, un wenn he denn mit'n Steert slog, denn stund de Fahnenstang de stund dar buten nich mehr", sä Harm un klopp sine Piep ut. „Dat kann ik woll seggen: sowat von Häkt heff ik noch nich beleft!"

„Du luggst", sä Heini un slog up'n Disch, „du luggst all wat du seggst. Dat kann garnich angahn. Du heß awerhaupt kinen Häkt sehn, niks heß du. Un wenn du dit luggst, denn heß du dat anner ok lagen."

„Dat anner? wecke anner?"

„Dat von Lina, von Lina Lüring, dat du de sehn heß, un dat se na mi fragt hett. Wat schull de woll von mi weeten willen? Se mag di ja doch leewer lieden as mi. Dat mark ik lang."

Harm stoppde sine Piep. „Och — se mag di awer ok geern

lieden, Heini“, sä he. „So is dat nich. Un se hett na di fragt, so wahr as ik hier sitt“, un he nehm sinen Achtersten von’n Stohl hoch.

„Wenn du blot nich immer so lögen wullst“, sä Heini un wenk den Kröger mit sin Glas to. De Kröger broch twee frische Glös’. Harm un Heini drunken.

„Un wat hett Lina denn seggt?“ fung Heini wedder an wiel he’t nich utholen kunn. „Hett se fragt, of se is mit mi seilen kunn? Dar hett se anners all is von snackt.“

„Just dat hett se seggt“, sä Harm. „Un dar kannst du nu an sehn, dat ik nich lögen do.“

„So“, sä Heini und stund up, „nu willt wi doch mal sehn, wat wahr is un wat nich. Ik will hen un Lina sulben fragen, wat se seggt hett.“

Harm verfier sik nich slecht. He meen, Heini weer woll unklok wurden, he kunn dar nu doch nich hen rojen, so lat noch, half bi Nacht. Wat Lina dar von denken schull. Man Heini wull von niks mehr wat hörn. He bleef dar bi: he wull hen un Lina sulben fragen. Up de Stä wull he hen.

„Dat Water lopt just so furchterlich up“, sä Harm. „Un balkendüster is dat ok, kannst kin Hand vor Ogen sehn.“

„Giff di kine Meut, ik fahr doch“, sä Heini, „of dat Water up lopt oder af, dar kummer ik mi anners ok ja nich um.“

Harm stund nu ok up. „Heini“, sä he, „wenn du nich min Frund weerst, denn sä ik: Fahr to un versup! Man wiel du min Frund buß, un wiel ik dat god mit di meen — —.“

Heini hör garnich mehr hen, he weer all ut de Dör. Harm gung em na. Buten weer dat balkendüster, kin Mand, kine Steerns an’n Heben. De Wind ruschel in de hogen Eschenböm, ’n Snarrvagel snarr in’t Reith, dat klung heesch un wiet her. Harm un Heini gungen na den Anlegger. Dat Water leep noch

up. Heini bund dat Boot los, Harm fummel dar achtern bi rum, he nehm dat Stür weg, sä he, dat kunn Heini ja nich bruken, wenn he alleen fahr. Heini steeg in't Boot. Harm settde sik up den Anlegger und bummel mit de Been.
„In so'n pickedustre Nacht los to fahrn“, knurr he.
„Half so slimm“, sä Heini. „De Mand kummt bold. Un bi Lürings is Lecht.“ He stott dat Boot af. „Dat schall woll Linas Kamer wesen. Dar hol ik up af.“
„Wenn du man nich up Mudder Lürings Bessenstäl af holst“, snaude Harm.
Heini legg sik in de Reemens un rojede los. Harm sehde em all nich mehr. Man he hörde em soväl bäter. He hörde, wenn Heini de Reemens induk: platsch mak dat. He hörde de Dollen knarrn, he hörde, wenn Heini de Reemens ut't Water nehm. Harm seet un luster, he paß nau up. Harm harr 'n Lien in de Hand.
Heini rojede 'n ganze Tied. He weer immer noch dicht bi'n Anlegger.
„Buß du dar noch, Harm?“ frag he in't Düster rin un heelt de Reemens awer't Water.
„Ja, min Heini, ik bun hier noch“, sä Harm söt un tog an de Lien.
„Dat Water lopt gewaltig up.“
„Dat Water hett väl Gewalt“, sä Harm un tog noch mehr an de Lien.
Heini rojede wedder. He legg sik noch mehr achterawer, he quäl sik for dull, dat Blot steeg em to Kopp, — he keem un keem nich ut de Stä. „Buß du dar noch, Harm?“ frag he.
„Ja, min Heini!“
„Wo kann dat blot angahn“, sä Heini. „Ik kam nich ut de Stä. Dat Water tutt as unklok, so'n Strom is dar in.“

„Wenn ik di dat nich seggt harr", sä Harm. „Man gift man noch nich up, kann ja wesen, dat ward bäter, wenn du 'n En'n hen buß."

Heini rojede wedder. He tellde vor sik hen: Een — twee! Een — twee! He reet, wat he rieten kunn. He hapach un snof, dat Sweet druppde em bi de Näs dal. He keem ok 'n End vorut, man as he sik 'n Ogenblick verpus, dreef dat Boot wedder mit Macht na den Anlegger trurch. Do geef he't up.

„Dat schall ja woll nich wesen", sä he slukohrig.

„Un wat nu mal nich wesen schall, dar kummt 'n Minsch nich gegen an", sä Harm un hal dat Boot ganz na den Anlegger ran.

Heini smeet de Reemens an Land un klatter ut dat Boot. Denn kreeg he 'n donnerblau't Snufdok rut un wisch sik dat Sweet af. „Junge di", sä he dar bi, „du glöfst nich, Harm, wo dat Water tog. Dat kannst du di verdoomt nich vörstellen. As wenn von unnen her 'n Hand min Boot to faten harr un jeden Ogenblick mit mi afsusen kunn. De kolen Gräsen sund mi awern Rurch gahn. Sowat — dat möt ik seggen — sowat heff ik noch nich beleft!"

Heini stund un keek na den Mand, de guntsiet de Werser upgung un dick un rot dör de Wulken gleuhde.

Harm harr dat Boot fast bunnen, harr dar achtern wedder an rum fummelt un keem nu ok an't Öwer. Dat weer heller wurden.

As Harm un Heini sik umdreihn, stund Lina Lüring vor är.

„Nu ward't Dag", sä Harm. Heini slok blot eenmal vergefs dal, so verbaast weer he.

„Een von jo kunn mi eben rawer rudern na Hus", sä Lina un keek Heini an, wiel de sik just de Reemens awer de Schuller smeeten harr. Heini wisch sik mit den leddigen Arm awer dat

Gesicht, as sweet he all wedder. Harm stund un keek em ok an.
„Na, wo is't, wullt du?“ frag Lina.
„Dat dee ik geern“, sä Heini benaut, „man dat is —, dat geiht nich.“
„Dat geiht nich?“ sä Lina, „un warum geiht dat nich, wenn 'n dar na fragen droff?“
„Dat Water — dat lopt just so furchterlich up“, stamer Heini, „ganz furchterlich. Dar is nich gegen an to kamen is dar nich, ik heff dat just versocht.“
Dat kunn Lina nich begriepen. Heini schull nich gegen dat uplopen Water an könen? Dat weer ja ganz wat Nees. Se keek up Harm.
Harm fummel an sine Jackentasch rum, as wenn he wat söken dee. He greep up de anner Sied in de Tasch, dar weer't ok nich. Lina lur', Lina frag, Lina keek em an. Un Heini stund dar so benaut, so bedröft un keek up Harm mit Angst in de Ogen. Harm fummel wedder an sine Jackentasch.
„Heini hett dat ja all seggt“, sä he, „dat geiht nich. Dar is nu nich gegen an to kamen, gegen dat Water.“
Dat weer toväl for Lina. Dar stunnen nu twee junge Keerls, von de se meen, beide muchen är geern lieden. Un nu wull kin är na Hus bringen? Nu wull nums in'n Düstern mit är los? Nu wull nums in'n Düstern un a l l e e n mit är los? O, wat muß se sik dar awer kränken, ganz gräsig muß se sik kränken.
Lina dreih sik up'n Hacken rum un gung af. „Dat möt ik seggen“, sä se un keek sik noch mal um na Harm un Heini un schuddel mit'n Kopp, „sowat heff ik noch nich beleft!“
Harm un Heini togen sliepsteerts af na'n Krog. Se setten sik wedder an ären Disch in de Gaststuv. De Kröger broch Beer. Harm un Heini drunken.

Harm un Heini stutten den Kopp in de Hand, smöken äre Piep un dachen na. Seggen deen se 'n ganze Tied niks.

„Kumm", sä Heini toleßt, „kumm, Harm, vertell nochmal von den Häkt. Wolang weer de?"

Harm wenk af. „Och, lat doch", sä he, „du glöfst mi ja doch nich."

„Doch, Harm", sä Heini, „ik glöf di. Ik glöf di nu allns, Harm, wat du mi seggst."

Harm keek Heini an. Heini keek Harm an. Harm nehm sin Glas.

„Prost, Heini!"

„Prost, Harm!"

Harm un Heini drunken.

Up guntsiet

Buten den Diek stund Vadder Baars sin littjet Hus un keek mit Finstern un Dör na de Werser hen. In 'n Vörgarn blänker up'n Pahl 'n dicke, dunkelgröne Glaskugel ut Urgrotvadders Tieden. Mudder Baars harr se dar geern weg nahmen, se stund är blot in'n Weg. Man dar wull Vadder Baars niks von weeten.

„Dar hett sik all väl in speegelt, un sowat schall man nich wegdon", sä he. „Dat is 'n littje Welt for sik, denn de Welt is ok rund."

Vadder Baars harr sin Lefdag väl mit de wiede Welt to don harrt: he weer Breefdräger wesen. Siet 'n paar Jahr harr he afdankt un seet nu de meerste Tied an't Finster, smökde sine Piep un keek dör 'n langen Feernkieker na all de Schäp, de up de Werser fahrden, un keek na guntsiet rawer, wo he bold mehr to Hus weer as up dissiet. Vadder Baars weer immer woanners, blot nich dar, wo he just seet.

Mudder Baars makde väl Larm mit Vadder Baars. Wull he in'n Hus wat to don, sä se: „Gah blot rut un stah mi hier nich vor de Föt rum." Weer he buten, harr se em just in'n Hus nödig to bruken. Sä se to em: „Kumm, Vadder, nu sett di is gemütlich bi mi dal", un he stoppde sine Piep, schullt se, wiel he Toback up den Fotbodden krömelde. Harr he in't Dorp inkofft, schull dat just wat anners wesen hebben.

Mudder Baars weer flink mit de Hannen un noch flinker mit de Tung. Se rementeer in'n Hus rum as 'n Brummer, de 'n apen Finster socht un nich finnen kann. Vadder Baars harr dreeundartig Jahr Tied harrt, sik dar an to wöhnen. Un he

harr dr sik an wöhnt. He leet Mudder Baars burren, nehm sinen Feernkieker un hau af na guntsiet!
Up guntsiet de Werser stunn ok 'n littjet Hus, mit 'n Reithdack un'n Appelbom dar vör. Dar wahnde Schipper Magnus Ott. Dat weer 'n groden, fixen Keerl un harr vor 'n paar Jahren sine Greten freet, 'n gälhaarige, rotbackde Deern.
Greten Ott gung up guntsiet de Werser just so to kehr as Mudder Baars up dissiet, blot dat Magnus sik dar noch nich an wöhnt harr. Vadder Baars keek dör sinen Feernkieker liek up är Hus un harr sin Smunstergrienen awer de beiden. He weer just wedder up guntsiet, as Mudder Baars in de Stuv keem. Se langde glieks na Vadder Baars sine Mutz, de up den Disch leeg.
„Wedder de ole smärige Mutz", sä se. „In't Für steeken schull ik se —."
„Man immer lustig", sä Vadder Baars: Magnus Ott stund vor sine Dör, dat Finster achter em gung apen un em flog 'n Mutz an den Kopp.
„Mutzen hört nich up'n Disch, de hört buten an'n Haken", schimpde Mudder Baars.
„De Mutz hört up'n Kopp", griende Vadder Baars vergnögt in sin griesen Bart rin: Magnus Ott harr sine Mutz greepen un se sik up den Kopp slahn.
Mudder Baars verslog dat meist de Stimm. „Ok noch utverschamt", knurrde se un gung rut.
Dat weer de Wäk vor Pingsten. De Fronslüd harrn dat bannig drock mit Reinmaken un settden allens unner Water: Mudder Baars up dissiet, Greten Ott up guntsiet de Werser. Mudder Baars schürde un putzde toeers de littje Stuv un weer dar nu mit klar. As se just buten weer, keem Vadder Baars rin, wull ok wat don to Pingsten un nehm sine beiden Piepen her, de

lange un de halflange, putzde de Rohren mit Steertfeddern un Strickewieren un de Piepenkopp mit'n Scheer. Un wiel he nich bi dat Finster weg wull, — wat kunn in de Tied up de Werser un up guntsiet nich all passeern, — makde he dat an Mudder Baars ären Neihdisch.

Mudder Baars keem mit'n Waschback rin, se wull de Blomenpott noch eben afwischen. As se ären Neihdisch sehde:

„O du Smärfink, du Farken!" schimpde se los, „Mak ik darum den ganzen Dag rein, dat du mit dine Pipenswengels allens wedder inkleist?"

Vadder Baars weer just wedder mit sinen Feernkieker up guntsiet de Werser: Magnus Ott steeg mit Slickstäweln dat Steenpadd na sin Hus rup. Greten keem mit'n Bessen ut de Dör un fuchtel em dar mit vor sin Gesicht rum.

„Dar kann niks Gods bi rut kamen", sä Vadder Baars.

„Dar kummt wat Leegs bi rut", schandeer Mudder Baars.

„Ik lat mi doch nich allens gefallen."

„Dat gift 'n nattet Schur", gnifflachde Vadder Baars: Magnus Ott harr sine Greten mit beide Arms um't Lief fat un slep är na de Regentunn hen.

„'n ganz nattet", kreihde Mudder Baars spinnedull. „Ik schull di dat Schoddeldok um de Ohren slahn schull ik."

„So is't richtig, blot nich fackeln!" reep Vadder Baars: Magnus Ott settde sine Greten batz in de Regentunn, dat Water scheutde man so, de Bessen keek baben hoch rut.

Vadder Baars weer in Fahrt. He wull sik vor Puhä up't Knee slahn, halde ornlich mit sinen Arm ut un haude mit Macht in Mudder Baars är Waschback rin. Dat Water scheutde man so.

So, nu weer dat ut, tappenduster, up dissiet un up guntsiet de Werser. Vadder Baars sleek benaut na buten, Magnus Ott neide ut na sin Schipp.

Sunnabend vor Pingsten weer allens prick un blänkerblank. Un Koken harr Mudder Baars ok backt. Pingstsonndag wull äre Dochter Mali kamen mit äre Kinner. Vadder Baars harr 'n Wagen lehnt, se wullen tohop utfahren, richtig 'n schöne Pingsttour maken, as se dat siet lange Jahren nich mehr dan harrn. He sulben wull kutschern, dat Pärd weer lammfromm.
Vadder Baars weer de ganzen Dag man plurig wesen. He gung sinniger as anners, much niks don un much nich recht eeten. He seet immer blot still an't Finster un keek up de Werser. So ok an dissen Namiddag vor Pingsten.
„Wo schön is se doch, use Werser", sä he un swenkde den Feernkieker na links un na rechts. „Wenn de Sunn so awer dat Water blänkert —." He keek na dat anner Öwer. „Un dat junge Grön, — wo is dat eenmal schön."
„Du findst dat ja immer dar am schönsten, wo du nich buß", sä Mudder Baars.
Vadder Baars keek är eegen an. „Wo ik nich bun?" sä he. „Kann wesen ik bun dar mehr as hier."
„So'n dumm Tüg verstah ik nich", sä Mudder Baars.
„De immer blot up dissiet is", sä Vadder Baars mit Bedacht, „un nich sin Guntsiet ganz for sik hett, de is dr slecht an in'n Leben." — „Du spinnst", schuttkoppde Mudder Baars.
Vadder Baars keek wedder na guntsiet. Magnus Ott steek just gröne Barkentög an sin Hus, achter de Finsterladens un um de ganze Dör rum. Un Greten keem, keek sik dat an un fullt ären Magnus um den Hals.
„Wenn de Leef doch nich weer", sä Vadder Baars.
Mudder Baars wuß nich, wat he dar mit meende, he weer so sunnerbar an dissen Namiddag.
„Wenn ik't man noch kunn", sä Vadder Baars. „Ik halde ok Pingstentwieg un steek se di vor de Dör."

„Up wat du nich allens kummst“, sä Mudder Baars.
Vadder Baars leet den Feernkieker sacken un keek na är hen.
„Dat kummt all von guntsiet“, sä he, un Mudder Baars schuddel wedder mit'n Kopp.
Den annern Morrn stund Mudder Baars betieds up. Se leet den Vorhang vor't Finster, Vadder Baars schull noch liggen blieben, dat he naher munter weer bi de Pingsttour. He leeg so still, he sleep woll noch fast.
He sleep immer noch, as de Koffi all lang up'n Disch stund, Mali kamen weer un de Wagen achtern up de Strat all anrullde.
Mudder Baars gung in de Kamer. „Upstahn, Vadder!“ sä se lut.
Vadder Baars rög sik nich.
„So'n verdreihten Keerl as di gift dat doch anners nich in de Welt“, schullt Mudder Baars. „Du kannst doch nich just vundagen bit Middag in'n Bett liggen.“
Vadder Baars rög sik ok nu nich. Mudder Baars gung na em hen un reet an sinen Arm.
„O Gott!“ verfierde se sik. Se leep na är Dochter. „Mali“, sä se, „kumm gau her! Vadder is — he is dot!“
Mali kunn dat nich glieks begriepen. „Wat seggst du, Vadder is dot?“ frag se ganz verbaast un verbiestert. „So mit'n Mal un dat just an'n Pingsten, wo wi doch de Tour maken willt?“
„So weer he ja immer“, sä Mudder Baars. „Wenn man em bruken wull, weer he nich to hebben.“
De beiden Fronslüd gungen nu bi un maken Vadder Baars moj trecht. 'n slohwittet Hemd kreeg he an, Haar un Bart wurrn kämmt. Toleßt halde Mali den Feernkieker her un geef em den in de Hannen.

„Den Feernkieker schall he mit hebben", sä se un leet äre Tranen kullern. „De hört nu mal to em."
Dree Dag later schull Vadder Baars begraben weern. De Verwandten un Nabers keemen, un de Paster vertell är, wat Vadder Baars for 'n godet un gluckelk Leben harrt harr mit sine leewe Fro, un dat he nu von guntsiet up är dal keek. Amen.
De Paster harr mit „guntsiet" den Heben meent, man Mudder Baars dach an dat anner Werseröwer. Se pusde äre Nabersch to:
„Mit guntsiet harr he't ja immer, so verdreiht as he weer."
Just harrn de Drägers den Sarg anfat. Up de eene Siet hievden se em 'n Ogenblick ehder hoch, — Vadder Baars sin langen Feernkieker slog na de anner Siet an de Sargwand, wo Mudder Baars stund. As de em von binnen ankloppen hörde, wo se just wat gegen em seggt harr, verjagde se sik, as se sik in ären ganzen Leben noch nich verjagt harr, un se sä gau un lut, dat he dat binnen ok hören kunn:
„Och, wat weer he doch for'n goden, goden Minschen!"

Grus un Mus

Hannes Blankfot pedde de Landstrat längs. He schof den linken Schoh vor: dar keek de grode Tahnen rut. He schof den rechten Schoh vor: dar keek de littje Tahnen rut. So slierde he fudder: grode Tahnen — littje Tahnen, grode Tahnen — littje Tahnen. Sine Jack sehde ut, as wenn dr junge Hunnen an to rieten wesen weern, un sin Kopp weer so vull Haar, dat dr Ogen un Näs noch so eben rutkeeken. „Dat geiht doch narns slimmer her as in de Welt", dach he. „Man schull bi Hus blieben sin Leben lang un nich in de Frömde gahn. Man halt dr sik niks Godet her."

An'n Krüzweg seet 'n Keerl vor't Heck.

„Jungedi, dat is awer een", dach Hannes. „De sutt ut, as wenn he woll eenen dot maken kunn. Vor den möt ik mi wahrn. Am besten, ik do glieks, as wenn ik just so'n Vergrellten bun, denn trot he sik saß nich an mi ran."

„Na, wat buß du denn for een?" frag em de Keerl.

„Just so een as du", sä Hannes. „Een de dr vor'n Düwel nich bang ward", un he knullde de Fust.

„Nu man nich glieks so wild", sä de Anner un greep na sinen Knubbel, de bi em in't Gras leeg. „Mit di weer ik noch klar. Du weerst de Eerste nich, den ik de Knaken twei sla."

„Un ik hau di to Grus un Mus", sä Hannes un slog mit sinen Eekenstock up das Heck. Wenn't ut Isen wesen weer, harrn dr Funken rut stuben mußt.

„Wo heeß du denn?" frag de Anner un stunn up.

„Hannes Blankfot", bolk Hannes. „Un du, wo heeß du?"

„Denn paßt wi tohop, ik heet Fidi Düsterbeen", knurrde de

Anner un rullde mit de Ogen, dat Hannes blot noch dat Witte sehde.
Se gungen mit'n anner fudder. Hannes schulde na Fidi hen, un Fidi schulde na Hannes hen.
„Up so'n Strukdeef heff ik just lur'n mußt", dach Fidi.
„Ik möt em uppassen, den Strunt", dach Hannes.
Se harrn beide lang nich in'n Speegel keeken, anners harrn se weeten kunnt, dat de Een just so struv utsehde as de Anner.
As se 'n Enn' Wegs gahn weern, sehden se 'n littje Kat ganz alleen to midden in't Land stahn. Dat Reithdack seet är as 'n Mutz awer de Mürn, un 'n paar Böm stunnen dr um to un rögen un bögen sik in'n Wind.
„Bit dar hen un kinen Trä fudder", sä Fidi Düsterbeen. „Mi bullert de Buk. Ik will wat to eeten hebben!"
„Mi sladdert dat Lief", sä Hannes.
„Bratkatuffeln mit Sülten", lickmul Fidi.
„Eier in de Pann", schreede Hannes un schof den groden Tahnen vor.
As se in de Kat keemen, stunn dar 'n junge Fro mit glaue Backen un helle Ogen. Dat weer all düster up de Däl, so kunnen se nich sehn, wo se sik vor de beiden rugen Keerls verjagen dee.
„Goden Abend", sä Hannes. „Wi sund möd un sökt Quarteer, un hier wulln wi geern blieben."
„Un hier blieft wi ok", sä Fidi Düsterbeen.
„Ji harrn man 'n Hus fudder gahn schullt", sä de Fro.
„Buß alleen?" frag Hannes.
De Fro streek sik de krusen Haar ut dat Gesicht un wisch mit äre Hand an de Schort längs.
„Wat min Mann is, de —", se slok eenmal vergefs dal. „De kummt woll bold."

„Un wenn he kummt, mit den weerd wi klar“, knurrde Fidi Düsterbeen un stott sinen Knubbel up de Däl. „To eeten willt wi hebben. Bratkatuffeln un Sülten.“

„Eier in de Pann!“ bolk Hannes.

De Fro gung na den Herd un stöker dat Für in Gang, sett de Pann up un halde Fettpott un Katuffeln her. Hannes un Fidi setten sik bi Sied an ’n Disch un heelden de Näsen scheef na de Pann hen. De Fro gung na de Dör.

„Wat heß dar to kieken?“ frag Hannes.

„Och“, sä de Fro, „ik kiek man blot na minen Keerl ut.“

„Lat dat Kieken“, draude Fidi. „Hal de Eier.“

Hannes un Fidi kreegen jeden ’n Teller vull Bratkatuffeln un dree Eier dar baben up. Se hauden dr in, as wenn se acht Dag lang smacht harrn. De Fro sleek wedder na de Dör.

Hannes legg de Gabel hen. „Wat is los?“ frag he.

„Ik meen, ik harr een kamen hört“, sä de Fro.

Fidi sprung up un greep na sinen Knubbel. Hannes seet duknackt up sinen Stohl. Se lusterden, — man dar keem nums.

„Din Keerl sitt woll in’n Krog un nimmt sik ornlich eenen“, sä Fidi un fung wedder an to kaun.

„Ja“, sä de Fro. „Un wenn he denn kummt, is nich mit em um to gahn, denn haut he allens kort un kleen.“

„Is he ’n groden Keerl?“ frag Hannes.

„Grot un stark, o so stark!“ sä de Fro. „De bögt sik unner de Koh un bört är umhoch.“

„Dat kann jawoll nich angahn“, sä Hannes un vergeet dat Kaun.

„Is he denn immer so vergrellt?“ frag Fidi.

„Wenn he ut’n Krog kummt, ja. Ogutt, ik heff so’n Angst“, sä de Fro un mak de Schullern krumm.

„Us schall he nich anfaten", sä Fidi Düsterbeen un rutsch up sinen Stohl rum. „Wi weerd vor den Düwel nich bang!"
„Wi slaht allens to Grus un Mus!" draude Hannes.
Se eeten äre Teller leddig. De Storm brusde um dat Hus, he bott noch to un hulde immer duller. Regen slog gegen de Schieben, de Finsterladens rackelden. Eenerwegens klappde 'n Dör. — De Fro sprung up. Hannes un Fidi sprungen ok up.
„Dat is so rusig buten", sä Fidi benaut.
„As wenn dat spöken deit", brummel Hannes un leet den Kopp hangen.
„To'n Grugen!" sä de Fro.
Se lustern 'n tiedlang, denn setten se sik een na den annern sinnig wedder dal.
In'n Stall klöter de Koh mit äre Ked, de Hund knurrde, up den Bön pulter de Katt. De Storm druckde gegen dat Dack, de Spaarn knackden. De Eschenböm um de Kat ruscheln un rusen, 'n Kattuhl schreede.
Fidi stunn up. Em beber de Büx.
„Wat wullt?" frag Hannes un wrangel mit sine Hannen.
„Och niks", sä Fidi un leet sik wedder up sinen Stohl fallen.
„Wenn dat hier vunnabend man blot nich noch Murd un Dotslag gift", sä de Fro dump.
Se schuulden een na den annern hen, se muchen sik nich mehr ankieken, se muchen sik bold nich mehr rögen.
„Wo schöllt wi slapen?" frag Fidi Düsterbeen heesch.
„Wenn Ji tofrän sund, in't Heu to liggen?" sä de Fro.
„Awer nich up'n Bön", ques' Fidi.
„In'n Stall is 'n Kaben vull Heu", sä de Fro.
„Ik slap am besten alleen", sä Hannes. „Ik snurk so gräsig, ganz furchterlich."
„Wat, du snurkst?" frag Fidi.

„Dat sik de Balken bögt“, sä Hannes. „Un denn slah ik rund um mi to, as unklok. Min Mudder hett sik all, as ik noch ’n Kind weer, vor mi grugt. Jung, sä se, wo will dat blot noch hen mit dine wilde Natur!“

„Snurken“, sä Fidi, snurken makt mi so dull, dar heff ik all is eenen um dot slahn, — binah.“

„Min Mann“, sä de Fro, „wenn de swar drömt, dat he eenen bi’n Kanthaken hett, de breekt de Bettstä uteneen, as wenn dat ’n Zigarrenkist weer.“

Dar weer noch ’n littjet Verslag mit’n ol Bett, dar keem Fidi Düsterbeen rin. Den Knubbel harr he bi sik liggen as ’n Brut.

Hannes leet sik noch warmet Water to’n Waschen geben. De Fro stellde em dat hen, se legg dar Seep, Kamm, Speegel un’n Handdok bi to.

„Gode Nacht“, sä se un keek Hannes eegen an.

„Slap man god“, sä Hannes liesen. „Wi dot di niks. Ik paß up.“

De Fro gung na äre Kamer to, bleef stahn un keek sik noch mal um. „Un denn slah ok nich allens to Grus un Mus!“ sä se.

Hannes stunn still vor sin Waschback un luster de Stimm na. Weer dar nich so’n littjet versteeken Lachen in wesen? Oder harr em dat man so dunkt? Hannes steek sin Gesicht in’t Water un snof un prustde, as he dat von sinen Vadder her lehrt harr, wenn man sik ornlich waschen deit. De Fro klink äre Dör to. Un denn weer blot noch to hören, wo de Storm um de ole Kat hulde.

Den annern Morgen gung de Fro in den Stall. Hannes leeg in’t Heu un sleep noch. He weer wuschen, kämmt, un den Bart harr he sik ok afschrappt. He sehde nu as ’n groden Jung ut un nich mehr as ’n Strukdeef. De Fro keek em lang an. Denn bög se sik dal un kiddel em unner de Föt.

Hannes keem hoch. „Wat is?“ frag he verbaast.
„Dat is Morgen“, sä de Fro.
Hannes stunn up. „Is Fidi Düsterbeen all hoch?“ frag he.
„Ik dach, du schust na em kieken“, sä de Fro.
Hannes gung na den Verslag un mak liesen de Dör apen. Dat Bett stunn leddig, dar weer kin Fidi mehr in to finnen.
„Gottloff! He is weg!“ sä Hannes un dreih sik na de Fro um.
„Dat heff ik mi dacht“, sä de Fro. „Un du? Warum buß du nich just so utknäpen?“
Hannes keek är grot an. „Dat harr ik ok bold dan“, sä he. „Man ik wull —, ik dach, ik muß di bistahn, wenn din vergrellten Keerl di in sinen dunen Kopp wat don wull.“
„Ik heff garkin Keerl“, sä de Fro.
Hannes sine Ogen wurrn immer gröter. „Du heß garkinen Keerl?“
„Dat heff ik blot seggt, dat Ji Angst kriegen schulln.“
„Angst um di, ja“, sä Hannes. „De heff ik kreegen!“ He keek är immer noch an. „Un bi de Angst, de ik föhlen dee, is dat nich bleben“, sä he liesen.
De Fro keek vor sik dal. „Kumm“, sä se, „de Melkssopp steiht all for di up den Disch.“
’n Stunn later gung Hannes fram as ’n olet Pärd vor den Katuffelplog. De Fro heelt den Plogsteert.
Middags sä de Fro: „Du kannst blieben, wenn du wullt.“
„Ja“, sä Hannes, „ik will.“
’n paar Maand later weern se befreet. Hannes nennde de Fro sin „Mus“, un de Nabers, as se äre Geschicht hört harrn, heeten de beiden blot noch „Grus un Mus“.
Un as Grus un Mus hebbt se vergnögt un in Freden tohop lewt, un wenn se nich dot bleben sund, wahnt se dar noch in äre littje Kat.

Ummo Ummeohrn

Ummo Harmjanz har dat jümmers drock, stortendrock harr he dat. He jachter hen un her as'n Hund, de up'n Spor is, he stund meers kine fief Minuten up eene Städ. Wenn em een bemöten dee un em upholn wull, sä he jümmers: „Ik heff soväl umme Ohrn, ik kann dar meers nich gegen an!" Dat geef nich eenen Dag, wo dat anners weer. De Lüd nennden em blot noch „Ummo Ummeohrn" oder kortaf „Umme".

Man wat harr he ok nich allens to beschicken! Dar weer toeers de Möhl un dat Müllergeschäft, dat he fröher alleen bedrieben dee. Bit sin Söhn seggt harr: „Nu lat mi dat man maken, Vadder", harr he seggt. „Wi möt Maschinen anschaffen, ahndem geiht dat nich mehr. Un mit de neemodschen Motoren, dar findst du di nich mit trecht." Dat harr Umme insehn mußt, un weer up de anner Sied von't Dorp in 'n littjet Hus tagen. Man mit seßtig Jahren sik to Rauh setten un Dumen dreihn? Dat much he nich, he scheneer sik ja vor de Lüd. Fliedig weer he jümmers wesen, man nu fung he dat Jagen an, dat jedeneen sehn kunn: he leeg nich up de fule Hut, he harr dat jümmers noch gräsig drock! Jeden Morrn klabaster he up sin Fahrrad dör't Dorp hen na de Möhl. In't Kontor legg sin Söhn em dit un dat hen, ok mal 'n Breef, wo he sinen Namen unner klein dee. „Dat möt ik usen Vadder laten", sä de Söhn. „He möt ja doch wat umme Ohrn hebben."

De Möhl harr blot noch twee Flunken, — dat dar wedder veer an keemen, lohnde sik nich, de weern väl to dür. Man de dr weern, stellde Umme jümmers noch na den Wind, as he dat fröher dan harr. De Minschen rundum in de Gegend höfden

nich eers 'n Finger natt maken un hoch holn oder är Snufdok fluttern laten, se höfden blot na de Möhl to kieken, wenn se weeten wull'n, wo dat her weihen dee. „Us Umme makt den Wind!" sän se.
Man he harr ok anners noch bannig väl umme Ohrn. Dar weer de Eierschür, wo all de Eier ut de ganze Gemeende sorteert, verpackt un verschickt wurrn. Umme paß up, dat allens in de Reeg keem. He weer ok de eerste Macker von den Gesangvereen un von den Kegelklub „All nägen". Dar harr he väl mit to bedenken un to don. Muß wat anschafft weern oder schulln de Maten Bescheed kriegen: Umme jag los un vergeet nums. Dar reeken ok all Lüd mit, se geben em noch Updräg, de he up sinen Weg mit besorgen schull. Un dat dee he denn ok. „Us Umme makt dat all", heede dat jümmers. Un wenn Umme sik dat Sweet afwisch, — he harr 'n grodet wittrodet Snufdok, dat wiethen luchten dee! — denn sän se: „Is ok ja kin Wunner, dat de ol Baas dar dat Sweeten bi krigt." Man wenn se ok faken stillkens awer em grienden: se muchen em doch all bannig geern lieden. Un wiel se wussen, he hör dat geern, bewunnern se em un sän: „Wo kann't blot angahn! All Dag so driftig, soväl umme Ohrn! Wo schaffst du dat blot!"
Blot een Minsch bewunner em nich, un dat weer sine Olsch. „Nu heff di nich so", sä se bold all Dag. „Pluster di nich so up! De Lüd lacht ja awer di." Umme hör dar nich väl up hen. „Dat versteihst du nich", sä he. „Dat geiht awer dinen Grips, awer dinen Horizont." He wuß: snack he von ären Horizont, argerde se sik. He harr ja jümmers all baben in sine Möhl 'n ganz annern Horizont harrt as se!
Krank weer us' Umme all de Jahren nich wesen, dar harr he ja ok garkin Tied to. Man eenmal awerkeem em dat doch: he harr sik ganz gräsig verkullt mit'n Snöf, dicken Hals un Feber,

— allens up'n Mal. Dat hulp em niks, he muß in't Bett blieben. Sine Fro föhl sinen Puls: se tell mehr as he slog. Se meet em mit'n Thermometer un geef'n paar Streek to: hoget Feber. Se hal den Dokter, nehm em vorher bi Sied un sä: „Se kennt em ja, maken Se dat slimmer, as't is, anners kann ik em nich in't Bett holen."

De Dokter unnersoch Umme denn ok, mak 'n irnsthaftig Gesicht un sä: „Dar hebbt wi't. Slimm, slimm! Eeersmal veer Dag unner de Dek blieben, anners stah ik for niks in." He verorden Medizin, Pillen, Umsläg, keek Umme nochmal an, schuddel den Kopp un gung rut.

Ja, dar leeg us Umme nu un much sik knapp rögen. Den ganzen Dag dör dach he: nu harr ik dit don mußt un nu dat, de Eier möt verschickt, de Karten for den Abend von den Gesangvereen rumbrocht weern. De Kegelbahn wull he kalfatern, — weer dar woll een, de dat nu dee?

De Lüd in't Dorp keeken na Umme ut: he fehl är, he fehl är allerwegens. Se wunnern sik, wo dat angahn kunn, man är Dorp keem är richtig still un dot vör, wiel Umme dar nich hen und her dörjagen dee. Un de Möhlenflögel stunn stief up desulwige Städ, se wussen nich, wo de Wind rumdreihde. Nä, dat weer kin Tostand weer dat nich.

Dree Dag harr Umme nu all leegen, he sehde dar ganz leep von ut, jeden Dag leeper. Sine Fro behottje em von morrns bis abends, se leet nums an em ran. „Dat regt di blot up", sä se.

„Ik kunn jem awer doch seggen, wat se don möt", meen Umme.

„Dat weet se saß ok ahn di", knurr sine Fro.

„Man de Möhl —."

„Dar paßt use Jung all up, geiht allens sinen Gang."

„In de Eierschür möt de Kisten verschickt weern."

„Nu bill di doch blot nich in, dat allens scheef geiht, wenn du dar nich twuschen rum hampelst. Du buß ja narrsch, buß du ja.“

Umme keek är so bedröft an, as wenn he weenen much. Un dat harr he ok an'n leewsten dan. He keem sik all half dot vor. Harr sine Fro seggt: rappel di up, se brukt di, dat geiht nich ahn di, — denn harr em dat glieks bäter gahn. Man dat dee se nich, blot dat nich! Se wull em an't Hus holen. He schull nich mehr rumjagen. Se wull em nu mal bibringen, dat allens just so god ahn em gung. Un Umme, dat ol' Blot, kunn är noch so verlaren ankieken, kunn noch so bädeln mit sine trorigen Ogen: se begreep em nich, se begreep niks! Se wull em anners hebben as he nu mal weer. Ummo schull nich mehr Umme, schull nich mehr Umme Ummeohrn wesen!

Man se harr nich mit Fernand reekent, Umme sin besten Frund. De harr is rumlurt bi den Dokter, bi de Nabersch, un he kennde ja ok Umme sin Olsch.

„Ik möt mit Umme snacken“, sä he, as he keem. „Dat is wichtig, un dat kann ik em blot alleen seggen.“

Umme sin Fro meen ok nu wedder, Umme muß noch in't Bett blieben, un Fernand schull dat mit em slimmer maken, as't weer.

Dat Leed kennde Fernand all. „Ik mak dat slimm, dar kannst di up verlaten“, sä he. „Gah du wieldeß in de Kök un kak us 'n gode Tass' Koffi.“

Fernand gung in de Kamer, stell sik vor Umme sin Bett up un fung glieks an: „Wat, du wullt dot blieben? Heß du dar denn Tied to? Kannst du nu man allens so lopen un henslurn laten, wo du di anners um kummert heß?!“

Umme reck sinen Kopp un keek em verbaast an.

„In de Eierschür sutt dat all dull ut!“ prat Fernand fudder.

„Dar gift dat immerlos Knickeier, de billig weg gaht. Dat ganze Dorp eet all dree Dag lang Röhreier."
Umme sett sik half in't Bett up un hör nipp to.
„De Gesangvereen singt nich, wiel he de nee'n Noten nich kreegen hett, un de Kegelklub kann nich kegeln, wiel de Bahn nich in de Reeg is. All Lüd in't Dorp staht vor äre Dör un kiekt na di ut, möt allens sulben besorgen, wat du anners dan heß. Dar is bold nich een Hus mehr, wo dat Eeten middags to Tied up'n Disch steiht."
Umme sin Gesicht klar sik up, as wenn an'n düstern Dag de Sunn dör de Wulken breeken will.
„Un denn de Wind! De Möhlenflögel steiht stief na Norn, un nums kann sehn, von wo he weihn deit. He weet dat schiens sulben nich recht: he küselt so rum, brust mit'n Mal ut 'n ganz anner Eck as een dat vermoden kunn. De Fronslüd weet nich, wo se dat Tüg, wat se wuschen hefft, hen hangen schöllt. Trina Steenken sund all dree Snufdöker un Jan sine beste Unnerbüx awern Tun flagen. Sund weg, nich mehr to finnen."
„Is dat wahr?" lach Umme.
„Anners wurd ik dat ja nich vertelln", sä Fernand. „Un wieldeß allens up Unstür is, liggst du hier ful in't Bett un deist, as wenn di dat niks mehr angeiht." — „Un du meenst —?" frag Umme un harr all een Been awer de Bettkant schaben.
„Ik meen, du steihst up, un dat glieks up de Städ. Buß du us' Ummeohrn oder buß du dat nich mehr?!"
„Man min Olsch, de lett mi nich to'n Hus rut."
„De Olsch awernehm ik mi", sä Fernand. „Treck du di an, slut de Dör von binnen to, klatter ut't Finster un gah in'n Krog. Dar lurt dine Mackers all up di. Ik gah in de Kök, drink mit de Olsch Koffi un prat mit är, dat se niks von di sehn un hörn deit. So, un nu los!"

Wieldeß Umme nu utwichsen dee, seet Fernand mit de Olsch in de Kök. „Na, wat meenst von em?“ frag se.
„Dat sutt leeg ut“, sä Fernand un pus up den heeten Koffi. „Dat lange Liggen holt he nich dör, dat is gegen sine Natur. He geiht us in.“
De Olsch verfehr sik nich slecht. „Herrejeses nochmal, wo magst du dat blot seggen!“
„Dat heff ik em just sulben seggt.“ Fernand pus wedder in sine Tass’. „He is von’t Dotblieben nich wiet af.“
De Olsch verslok sik vor Schreck an ären Koffi, kreeg dat Hosten un broch kin Wurt rut.
„Lat em nu eers in Rauh. Gah nich rin. He hett sik upregt un möt sik eers wedder begriepen.“ Fernand drunk sinen Koffi ut un stunn up. „Hol di hart“, sä he un gung af.
De Olsch bleef benaut sitten. Se wuß nich, wat se don un wat se denken schull. Se keek na de Klock, wusch Schoddeln af un keek wedder na de Klock. Man lang heelt se dat nich ut. Se gung na de Kamer, ticker an de Dör, lusterde, sä liesen: „Ummo!“ Man dar rög sik niks. Denn sleep he woll, un se muß noch töben.
Umme seet all lang in’n Krog un drunk vergnögt Grog mit sine Mackers, as sine Olsch wedder vor de Kamer stunn. Se druckde sachte de Klink dal un wull de Dör apen maken: man de weer to, afpennt! Kinners Minschen, — wat schull dat bedüden! Dat harr he all är Lefdag noch nich eenmal dan. Se kloppde, se rackel, se reep, se baller gegen de Dör, se schreede: dar binnen bleef dat musenstill, dar rög sik niks. Nu weer he dot! Un är harr he bi’t Dotblieben nich bi sik hebben wullt, harr sik inslaten. Ogutt nä, wat schulln de Lüd dar blot von denken. Wat man eenmal gräsig. Se weer ganz dörhen. Se sackde up ’n ole Eekenkist un slog de Hannen vor’n Kopp.

De Nabersch harr dat Schreen hört un keem anstorten. „Wat is los?!"
„Umme is dot!"
De Nabersch wull in de Kamer.
„De Dör hett he afpennt", jammerde de Olsch.
„Nu bedar di man eers", sä de Nabersch. „Ik kiek gau von buten in't Finster, willt sehn, wat mit em is." Se leep rut um't Hus to un keem dör de Kamerdör wedder.
„Dat Finster weer apen. Ik bun rinklattert. Umme is weg."
„Is weg!" mehr broch de Olsch nich rut un sackde noch mehr tohop.
De Nabersch hulp är up un broch är na'n Bett. De Olsch harr vor Schreck 'n littjen Slag kreegen, een Been weer wat lahm.
Twee Stunnen later keem Umme na Hus. „Nu gift dat 'n natt Schur", dach he, as he in de Kamer keem. Man de Olsch keek em blot grot an.
„God, dat du nich dotbleben bußl" Mehr sä se nich. Denn hojahnde se, as wenn se dotmöd weer, un dreihde sik af.
„Ja, min ol Deern", sä Umme. He wull nu ok geern god mit är wesen, un wat bäters full em nich in. He krop gau unner de Dek, hojahnde ok lut un legg sik up de Sied.
Den annern Morrn jag Umme wedder vergnögt dör't Dorp, stell den Möhlenflögel na'n Wind, keek in de Eierschür na'n Rechten, harr allerhand to besorgen un kummer sik um Gesangvereen un Kegelklub. Sine Fro leeg in't Bett, Umme muß är plegen. So harr he dat nu noch väl drocker as vordem, stiftigweg stortendrock harr he dat. Un de Olsch druff niks seggen. Un se sä ok niks.
Dat ganze Dorp awer smunstergrien un freude sik: Ummo weer wedder de Ole, weer wedder är Umme Ummeohrn.

180 Pund Päper

In Brak an der Werser is 'n Haben, un wo 'n Haben is, dar ward ok smuggelt. De Lüd von'n Toll möt bannig uppassen, dat dar niks dör geiht.

Vor lange Tieden mal kummt dar so'n Landsmann bi de Lüd von'n Toll an un plinkert är to: wenn se mal 'n goden Fang maken un em nich verpliffen willt, seggt he, denn kann he är wat verra'n: hier kummt nahsten 'n Spannwark dör mit'n Schimmel, un up den Wagen dar sund 180 Pund Päper sund dar up.

Of he dat denn säker weet, fragt de Toll-Lüd. „So wiß as ik hier stah", seggt de Keerl, „un wenn Se de 180 Pund Päper nu nich finnen dot, kann ik't ok nich helpen."

Na'n littje Tied kummt dar ok richtig 'n Bur mit'n Schimmel anfahrn. He hett Heu up sinen Wagen. De Tollkeerls holt em an.

„Hebbt Se wat to vertolln?" fragt se.

„Nä", seggt de Bur, „ik heff man blot dat Heu dar halt."

„Se hebbt wat to vertolln!" seggt de Tollkeerls un kiekt em bannig scharp an.

„Se möt dat ja weeten", seggt de Bur un stiggt af. Dat weet se ok, seggt de Tollkeerls, un wenn he ok noch so ahneweeten deit, se willt em woll kriegen. Un se fangt an, na den Päper to söken. Se stökert in dat Heu rum, se smiet eene Fork vull na de anner von'n Wagen bit unnen hen, — man Päper is nich to finnen.

„Nu packt mi dat För man moj wedder up", seggt de Bur, Hannen in de Taschen.

Dat helpt är niks: de Tollkeerls möt dat Heu wedder upstaken. Se sweet un snuft, so vergrellt sund se. De Bur klattert up sinen Wagen.

„Nu seggen Se mi mal", fragt he von baben dal, „wat hebbt Se denn blot bi mi socht?"

Se könt dar nu ja mit vor'n Dag kamen, seggt de Tollkeerls, är is mellt wurrn, he harr 180 Pund Päper up sinen Wagen.

„Jüh!" seggt de Bur un bringt sinen Schimmel in Gang. „Dat stimmt ok: ik heet Päper un wäg 180 Pund!"

Ol' Hinnerk

Ol' Hinnerk harr na'n Bett sik leggt.
„Mit mi is't ut“, harr he blot seggt,
„dat möt'k mi woll begeben.“
De Paster keem un mak em Mot,
snack em von't Leben un von'n Dod,
von Engels un von'n Heben.

Ol' Hinnerk smeet sik up de Sied.
„De Heben, Paster, is so wiet
un is so hoch dar gunnen, —
kamt Wulken up un düster Wär,
denn seh ik Hus un Hoff nich mehr,
lat't mi man leewer unnen.

Wenn ik den leewen Gott recht bä:
min Seel, de findt woll hier är Stä,
kann allerwegens husen,
in'n Kasten von us ole Klock,
to Nacht fluggt se dör't Ulenlock —
dar höft sik nums to grusen.

In'n Vorjahr, wenn't na'n Acker geiht,
min Söhn de plögt, ik hol dat Leit,
kann em de Pär andrieben.
Ik föhr de Hand em, wenn he seiht,
sus' in den Wind mit, wenn he meiht, —
lat't mi bi Hus man blieben.

To Harfst, denn gift dat drocke Tied,
Kurn un Katuffeln sund so wiet
un ok de gälen Röben.
Allawerall min wannern Seel
deit hier woll noch un dar är Deel,
Herr Paster, könt se glöben."

Ol' Hinnerk sweeg un mak sik lang.
Een apen Finsterflögel jank,
de Sunn schien dör de Ruten.
De Paster bög sik na em her:
ol' Hinnerk weer dr all nich mehr,
de weer all hen na buten.

Een Küselwind gung dör de Böm.
De Paster seet noch lang un dröm,
gung väl em dör sin Sinnen.
Wo gaht wi hen? Wo kamt wi her?
Reckt nich us Heben bit na'e Eer,
wo schöllt wi em woll finnen?

Wortverklarung

afpennen = zuschließen
aftöben = abwarten
ahneweeten = unvernünftig
anners = anders, sonst
anslägsch = einfallsreich, erfolgreich
Antenkaben = Entenstall
awerdorig = übermütig
awerdüweln = überlisten

Bakel = Knüppel, Stock
bannig = sehr
Beck = Mund, Schnabel
befreen = heiraten
begöschen = beruhigen
benaut = bedrückt
blarren = weinen
Bleek = Bleiche
Bost = Brust
Bulten = Haufen
Butendieks = Außendeichland

Dak = Nebel
Döns = Stube
Dördriver = einer, der alles mitmacht
drang = bedrängend
draun = drohen
drock = eilig
Druppen = Tropfen
dwaß = quer

eenerwegens = irgendwo

faken = oft
Fisematenten = Umstände
Florenpad = Sandsteinpfad
Franjendok = Tuch mit Fransen
frieben = reiben (freef = rieb)
frundjen = Liebschaft anknüpfen, poussieren
fudder = weiter
fünsch = böse, ärgerlich
gau = schnell
glau = sauber, gut aussehend
gleunigrot = glutrot
gnäterswart = pechschwarz
Gräsen = Schauder
grienen = lächeln
grugen = grauen
guntsiet = jenseits

Häkt = Hecht
Hal = Kraft, Zug
hapachen = keuchen
Heben = Himmel
Hemdsmau = Hemdsärmel
hiemen = mühsam atmen
höfde = brauchte
hojahnen = gähnen
Holster von Jung = kleiner Junge

indökt = eingebeult
is = mal

jichtens = irgendwie
jumpen = springen

Kaben = Kofen, Verschlag
Kattuhl = Nachteule

klaterig = schlecht, kläglich
Knäp = Kniffe
knäpsch = kniffig, schelmisch
knippogen = blinzeln
knojen = schwer arbeiten
kregel = munter, vergnügt
kriddelig = gereizt
Kring = Kreis
kröntjen = räuspern
krott = keck, stolz
Kusen = Backenzahn

Lackermentjes = Umstände
Lauerk = Lerche
leddig = leer
leeg = schlecht
lengen = sich sehnen, verlangen
liek = gerade
lomig = lau, mild
Löpel = Löffel
Luspadd = Scheitel
lustern = lauschen, horchen

Macker = Kamerad, Genosse
meers = meistens
minn = wenig
minnachtig = geringschätzig
Möt, in de = entgegen
moj = schön, vortrefflich

Nachpi = Nachthemd
nums = niemand

Pagelun = Pfau
patern = schwatzen
Porg = Frosch
pratjen = plaudern
prick = sauber, adrett
Proppen = Korkpfropfen
Puhä = Spaß, lustiger Lärm

Reemen = Riemen, Ruder
rementeern = spektakeln
rojen = rudern
Rök = Geruch
rumberntern = toben

saß = hoffentlich
schaffudern = schelten
Schettertucker = Liebling
scheuten = spritzen
Schören = Scherben
Schrökelbeen = krumme Beine
schulen = Schutz suchen
Seiß = Sense
Sireenje = Syringe
sliepsteerts = beschämt
slukohrig = mutlos
smullen = schmoren, schwelen
smunstergrienen = schmunzeln
snuckern = schluchzen
Spiddelwips = Knirps
spiekeleern = aussinnen
sprunen = prahlen
staatsch = stattlich
steertjen = schwänzeln
stiftigweg = beständig
stilkens = heimlich
stortendrok = sehr eilig
Strämel = Streifen, Stück
Strickwier = Stricknadel
struv = rauh, unhöflich
stüttig = standhaft
Sull = Schwelle

Tahn = Zahn
targen = necken
teeren = sich zieren
Tög = Zweige
Tömelhocken = Heuhaufen
trurch = zurück
tütern = verwirren

unbedarft = unwissend
Undög = Unfug
Unstür = Unordnung

verbaast = bestürzt
verfieren = erschrecken
vergrellt = böse, zornig
verjagen = erschrecken
verknutfideln = erklären
verratzt = verloren

Wär = Wetter
Werser = Weser
Wesewark = Anwesen, Betrieb
wittjen = weißen, kalken
wiß = gewiß, sicher
wrangeln = befestigen

Nachwort

Alma Rogge erblickte am 24. Juli 1894 das Licht der Welt auf dem elterlichen Bauernhof zu Brunswarden bei Rodenkirchen im Oldenburger Stadland. Ihre Marschenheimat und die Menschen, unter denen sie aufwuchs, hat sie in dem Gedicht „Wo ik her kam" eindrucksvoll charakterisiert. Sie verlebte eine glückliche Jugend. „Ich war ein wildes Füllen, ein rechtes Rauhbein", bekennt sie. „Ich tobte mit meinen beiden Brüdern, daß die Fetzen flogen; ich nahm Krähennester aus und stieg in Apfelbäume; ich ritt nicht nur auf den Pferden, sondern auch auf den Schweinen. Ich roch ständig nach Heu, Teer und Tieren und rauchte abends mit dem kleinen Knecht die Pfeife." Zum Hauptvergnügen der drei Geschwister zählte das Theaterspielen, wenn die Eltern einmal ausgefahren waren. Am meisten Freude machte das Verkleiden und Rollenvertauschen. Niemand ahnte, daß die jugendliche Komödiantin schon wenige Jahre später selber Komödien schreiben würde.

Bis zum sechzehnten Lebensjahr verlief Alma Rogges Leben ganz und gar im dörflich-bäuerlichen Umkreis. Eine erste bescheidene Wissensgrundlage erhielt sie auf der Höheren Bürgerschule in Rodenkirchen. Kleine Szenen aus der Jugendzeit hat sie später reizvoll in einigen Kurzgeschichten geschildert. Als die Eltern merkten, daß der ungebärdige Backfisch heimlich Gedichte und Geschichten niederschrieb, war es klar, daß daraus keine tüchtige Bauernfrau werden könne, und so sorgten sie für eine „feinere Bildung". In dem von Frau Waegener, einer Oldenburgerin, geleiteten Töchterpensionat in Bad Kreuznach erhielt Alma Rogge einen Zugang zur geistigen Welt. Seit dieser Zeit behielt sie die Liebe zu Kunst und Literatur. Ihre Pensionsfreundin im Kreuznacher Töchterheimjahr (1911/

12) war Hanna Wisser, die Tochter des in Oldenburg im Ruhestand lebenden Eutiner Gymnasialprofessors Wilhelm Wisser, der damals als Sammler und Herausgeber plattdeutscher Märchen in Niederdeutschland bekannt wurde. Wisser fand, daß Alma Rogge ein echtes Oldenburger Platt sprach und ermunterte sie: „Nun schriew doch mal 'n plattdütsch Theaterstuck. Du kannst dat!“ Und wirklich schrieb die muntere Landpomeranze mit neunzehn Jahren ein brauchbares Lustspiel, „Up de Freete“. Es zeigte am Schluß drei glückliche Brautpaare und entfesselte bei der Uraufführung (1916) auf der Rodenkircher Dorfbühne Beifallsstürme.

Trotz ihres Erfolges war Alma Rogge einsichtig genug, ihre Bildungslücken zu erkennen. Die klugen Eltern ließen ihre begabte Tochter bei Pastor Wilhelm Ramsauer in Rodenkirchen, dem tüchtigen Heimatforscher, zunächst privat unterrichten, dann kam sie auf eine „Presse“ nach Hannover und bestand im Herbst 1918 in Delmenhorst das Abitur. In den Jahren nach dem Ersten Weltkrieg öffneten sich die Hörsäle der deutschen Universitäten mehr und mehr für Studentinnen. Wir finden die forsche Oldenburger Bauerntochter als stud. phil. zunächst in Göttingen, dann in den Großstädten München und Berlin. Schließlich besuchte sie die aufstrebende junge Universität Hamburg. Der Literarhistoriker Robert Petsch, bekannt durch seine „Deutsche Dramaturgie von Lessing bis Hebbel“ (1912) war ihr Doktorvater. Sie promovierte am 21. 11. 1925 mit ihrer Dissertation „Das Problem der Gestaltung im deutschen Lustspiel“; die Schrift war im folgenden Jahr auch im Buchhandel erhältlich. Mehr mit dem Herzen als mit dem Verstande arbeitete sie unablässig an Gedichten und Erzählungen, die in Heimatkalendern, Zeitschriften und Zeitungen erschienen und ihren Namen bekannt machten.

Noch während ihres Studiums schrieb Alma Rogge das Lustspiel „De Vergantschoster" — auch hochdeutsch unter dem Titel „Wer bietet mehr?" aufgeführt — und vollendete 1929 das Drama „De Möhl", das ihr sogar den niederdeutschen Literaturpreis eintrug. Eine Existenz fand sie 1927 in dem Bremer Verlag Carl Schünemann, der ihr fünf Jahre lang die Schriftleitung der Monatsschrift „Niedersachsen" anvertraute. In dieser verantwortungsvollen Stellung gewann sie vielseitige Kontakte zu bedeutenden geistigen Köpfen in ganz Niederdeutschland und erwarb sich durch ihre unkomplizierte offene Art allgemeine Sympathie. Als „Niedersachsen" 1932 an einen anderen Verlag überging, entschloß Alma Rogge sich, ganz der freien Schriftstellerei zu leben, wie es ja auch August Hinrichs und Georg von der Vring wagten.
Im plattdeutschen Bühnenstück sah Alma Rogge ihre besondere Stärke. Großen Erfolg hatte sie mit dem Lustspiel „Twe Kisten Rum" (1935), das hochdeutsch unter dem Titel „Schmuggel an der Bucht" nicht ganz so erfolgreich über die Bretter ging. Von ihrem 1939 auf dem hohen Weserufer in Rönnebeck erbauten reitgedecktem Wohnhaus konnte sie weit über den Strom hinweg in ihre geliebte Oldenburger Wesermarsch schauen und fand in der Verbindung mit ihrer Heimat, mit Land und Leuten, immer wieder neue Kraft für ihr dichterisches Schaffen. Sie gestaltete zahlreiche köstliche hoch- und plattdeutsche Kurzgeschichten, teils feinsinnig-zart, teils derbrealistisch, voll von Humor, aber auch von tiefem Ernst. Im Jahre 1936 erhielt sie zusammen mit Wilhelm Scharrelmann und Moritz Jahn den Literaturpreis der Provinz Hannover. Zu ihren Freunden im Eutiner Dichterkreis zählten u. a. Hermann Claudius, August Hinrichs, Georg von der Vring, Waldemar Augustiny. Nach dem Zweiten Weltkrieg hatte sie ein

freundschaftliches Verhältnis zu der in Bad Nenndorf ansässig gewordenen ostpreußischen Dichterin Agnes Miegel. Zu ihrer Hausgemeinschaft in Rönnebeck gehörte ihre alte Pensionatsfreundin Hanna Wisser-Thimig. Zusammen mit Georg Grabenhorst redigierte sie nach 1949 wieder längere Zeit „Niedersachsen". Auf vielen Niedersachsentagen war sie ein gern gesehener Gast und saß an der Seite des „Landesvaters" Hinrich Wilhelm Kopf. Die Verleihung des „Oldenburg-Preises" durch die Oldenburg-Stiftung anläßlich ihres 70. Geburtstages genoß sie als verdiente Ehrung.
Wer Alma Rogge nur im geistig aufgeschlossenen Gespräch oder in fröhlicher Runde auf niederdeutschen Tagungen oder bei Dichterlesungen erlebte, konnte nicht ahnen, daß es nur eine Seite ihres Wesens war, die sie zur Schau trug. Unter der etwas rauhen Schale verbarg sich eine weiche, zarte Frauenseele. Erst nach ihrem Tode wurde es vielen bewußt, daß aus den nachgelassenen Gedichten eine echt weiblich empfindende Lyrikerin sprach. Ihr letzter Wunsch war, in heimatlicher Erde beigesetzt zu werden, so wie es sich auch Hermann Allmers und Georg von der Vring gewünscht hatten.

Einmal komm ich in dir zur Ruh,
bette in deine Erde mich ein,
brauche nicht ich mehr zu sein,
bin wieder du.

Am 7. Februar 1969 entschlief sie in ihrem Rönnebecker Dichterheim und wurde in ihrem Heimatdorfe Rodenkirchen beigesetzt, von wo aus sie zielstrebig ihren Weg in die literarische Welt genommen hatte.

Hermann Lübbing

Werke von Alma Rogge

Up de Freete. Lustspiel. Hamburg 1918. (Nedderdütsch Bökeri, Bd. 41.)

De Vergantschoster. Een lustig Spill. Hamburg 1922. (Nedderdütsch Bökeri, Bd. 94.)

De Straf. Pläseerlich Spill. Hamburg 1924. (Niederdeutsche Bücherei, Bd. 103.)

Sine. Verteelln in Ollnborger Platt. Hamburg 1929. (Quickborn-Bücher, Bd. 39.)

In de Möhl. Irnstet Spill. Hamburg 1930. (Niederdeutsche Bücherei, Bd. 114.)

Leute an der Bucht. Erzählungen. Bremen 1935.

Twe Kisten Rum. Hamburg 1935. Hochdeutsch unter dem Titel: Schmuggel an der Bucht. Weinheim 1956.

Dieter und Hille. Eine Liebesgeschichte. Bremen 1936.

Wangerooge. Hamburg 1936.

* Hinnerk mit'n Hot. Plattdeutsche Geschichten. Bremen 1937; Oldenburg 1964.

In der weiten Marsch. Erzählungen. Bremen 1939.

Theda Thorade. Erzählung. Bremen 1948.

Till Eulenspiegel als Jugendbuch bearbeitet. Bremen 1948.

Der Nagel unter Lenas Fenster. Erzählungen. Bremen 1949.

Pille und die Mohikaner. Lustspiel für kleine und große Kinder. Berlin o. J. (1950).

Hochzeit ohne Bräutigam. Heiterer Roman. Bremen 1952.

* Seid lustig im Leben. Ausgewählte Erzählungen. Bremen 1953. Schünemann.

Dar harr'n Uhl seten. Lustspiel. Hamburg 1954.

* An Deich und Strom. Ausgewählte Erzählungen. Bremen 1958. Schünemann.

* Fröhlich durchleuchtet. Erlebte Geschichten. Bremen 1965. Schünemann.

* Land, aus dem ich geboren bin. Gedichte. Bremen 1970. Schünemann.

* Noch lieferbare Werke, 1972, soweit hier ermittelt werden konnte.

Eine Sprechplatte, „Alma Rogge erzählt", gab der Verlag Schuster in Leer heraus.

Waldemar Augustiny würdigte Alma Rogges literarisches Schaffen in: „Niedersächsische Lebensbilder", Bd. 7, hg. v. E. Kalthoff. Hildesheim 1971.

Elisabeth Neidhardt verfaßte eine „Personalbibliographie" Alma Rogges, Masch. Schrift in der Landesbibliothek Oldenburg. 1962/4.44.

Für freundliche Auskunft ist Frau Hanna Thimig zu danken.